얀 이야기

④

초원의 축제

*

얀의 욜카

마치다 준 글 그림
김은진 옮김

東 文 選

초원의 축제

*

얀의 욜카

町田　純

草原の祝祭

마르마라 해*의 따뜻한 해류와 흑해에서 흘러온 차가운 해류가 서로 만나 이스탄불의 신년은 안개로 온통 뒤덮여 있었다.

지독하게 낡았지만, 그리운 향기로 가득한 여관을 나와 베욜루*의 비탈길을 내려가면서 새해의 하루는 아무 목적도 없이 시작되고 있었다. 금각만의 나루터도 반은 안개 속에 잠겨 있었다. 갑자기 모습을 드러낸 작은 나룻배는 몇 군데의 나루터를 지나면서, 지그재그로 만 깊숙이 전진해 왔다.

그래, 신년의 욥* 참배라도 그리 나쁘지는 않다. 배는 잘 길들여진 강아지처럼 정확한 몸놀림으로 옆구리를 갖다 대었고, 나는 아까부터 옆에 앉아 있던, 왠지 같은 목적을 갖고 있는 것처럼 보이는 한쪽 눈이 먼 노인과 함께 배에서 내렸다. 금방이라도 무너져 내릴 것 같은 테라스가 삐져나온 3층 건물의 목조가옥이 늘어서 있는 오래된

* 마르마라 해……흑해와 에게 해를 연결하는 바다.
* 베욜루……마르마라 해에 의해 베욜루 · 이스탄불 · 위스퀴다르 세 지구로 나뉜다.
* 욥……마호메트의 제자 욥의 묘가 있는 이슬람 성지.

거리를 곁눈으로 보면서, 욥의 모스크*는 곧 모습을 드러내 산뜻하고 엄숙한 기운이 주변에 가득했다.

한참 후에, 이교도인 나는 의례적인 인사와 함께 모스크를 떠났다. 그건 그렇다 해도 이 주변의 고요하고 차분한 공기는 역시 성지라서일까 안정된 느낌을 주고 있었다. 돌아오는 길에 또 마주친 조금 전의 노인은 편안한 미소를 띠며 이곳 토박이 친구인 것 같아 보이는 사람과 이야기를 나누고 있었다.

하루 종일 할 일도 없는 나는, 배에 오르지 않고 유유히 만 연안의 구시가를 향해 걷기 시작했다. 몇 시간이 걸리더라도 이 정처 없는 산책을 즐기고 싶었다. 안개는 엷어지긴 했어도, 저쪽은 변함없이 안개에 잠겨 있어 내가 걷는 백보 정도 앞은 희끄무레하게 집들의 윤곽을 덧그리고 있을 뿐이었다.

물론 맞은편에서 다가오는 사람도 안개에 묻혀 갔다. 그래도 여기저기 있는 모스크의 미나레트*는 때때로 이 안

* 모스크……이슬람 사원.

개 속에서 얼굴을 내밀고 있었다. 이렇게 길에서 망설이다 높은 데에 있는 모스크로 대략의 방향을 정하고 그 다음에는 발길이 닿는 대로 걸어 나갔다. 그리스인 지역 근처였기 때문일까, 등에 갈색 무늬가 있고 나머지는 길고 부드러운 털이 새하얗게 나 있는 고양이 한 마리가 내 뒤를 따라오는 것이 느껴졌다. 유감이지만 먹을 것을 갖고 있지 않았던 나는 머리를 쓰다듬어 주면서 줄 것이 없다고 말해 주었다. 그렇게 한참을 걸어 그리스정교의 총 주교성당 앞으로 나왔을 즈음, 그 고양이가 아직도 몇 걸음 뒤에서 열심히 종종걸음으로 따라오는 것을 알았다. 내가 멈춰 서면 주변의 집들 대문 앞에서 냄새를 맡는 척하거나 눈이 마주치지 않도록 뒤를 두리번거리면서 내 시선을 피하려 하고 있었다.

가까스로 장대한 쉴레마니에 모스크 근처까지 도착한 나는 처음 가 보는 아담한 길모퉁이 카페로 들어갔다. 노인들 몇 명만이 신문을 읽거나, 잡담을 하면서 신년의 첫

* 미나레트······광탑. 모스크에 솟은 뾰족한 탑.

날을 조용히 그들의 방식으로 즐기고 있었다. 터키식의 진한 커피를 마시면서 이렇다 할 일 없이 흘러가는 시간 속에서 유유자적하며 있으려니 빨간 터키모자를 쓴 한 마리의 커다란 고양이가 내 바로 맞은편 자리에 앉더니 아까 그 고양이가 내가 기르는 고양이냐고 나를 넘어가는 눈길로 갑자기 말을 걸어왔다.

엉겁결에 뒤돌아보니 아까 그 고양이가 진지하고 총명한 얼굴을 하고 꼬리를 제대로 말고는 마루 위에 앉아 있었다.

그냥 아까부터 따라온 고양이라고 나는 애써 강조해 대답했다.

——내심 나는 꽤 동요하고 있었다. 여하튼 내 눈앞의 고양이는 고양이라고 하기에는 너무 큰 데다 인간 같은 태도로 그것이 마치 당연한 것처럼 행동하고 있었으니까. 그러나 이 정도의 일로 당황할 필요도 없다고 객관적이고 약간 비꼬는 듯한 소리가 마음속에서 들려왔으므로 일단 태연한 척을 했다. 그리고 잘 보니, 눈앞의 고양이는 마루 위의 고양이와 놀라울 만큼 닮아 있었다.——

그렇습니까, 저 고양이의 눈에 들었군요, 러시아? 아니면 외국 분이십니까?라고 내 눈앞의 고양이는 다시 떠들었다.

네, 러시아는 아니지만……라고 대답하자, 터키모자를 쓴 고양이는 조금 실망한 듯한 얼굴을 했다. 그러나 다시 분위기를 바꾸어 고양이는 좋아하느냐고 물어왔기 때문에 다시, ――그렇다――고 무뚝뚝하게 대답했다. 그럼 저 고양이가 무슨 말을 하고 싶은지 알고 있느냐고 묻길래, 뭔가 먹고 싶어하는 것 같다고 대답했다. 그러자 내 눈앞의 고양이는,

――그게 아니에요. 아무것도 모르는 사람들은 당신처럼 먹을 거라도 원하고 있을 거라고 말하지만, 저 고양이의 눈을 잘 보세요. 그 눈동자에는 매 순간마다, 자기의 생각이나 꿈이나 말하고 싶은 것들이 다양한 모습으로 바뀌어 불과 몇 초만 보고 있어도 그것을 골격으로 단편소설 한 편을 쓸 수도 있습니다. 그리고 30분쯤 눈을 마주치고 있으면 중편이, 하루만 같이 있으면 어마어마한 이야기를 읽어낼 수 있을 겁니다.――

내 앞의 커다란 고양이는 그렇게 말하고 자신감에 넘치는 긴 수염을 씰룩거렸다.

분명 내 앞에 앉아 있는 것은 거의 호랑이 같은 덩치의 고양이로 배는 새하얀 털로 덮여 있었다. 그리고 그가 쓴 빨간 터키모자는 묘하게도 잘 어울렸다. 요즘 같은 때에 터키모자를 쓰고 돌아다니는 고양이는 여간해서는 볼 수 없는데.

제국*도 이미 황혼기를 훨씬 넘어서 쇠퇴해져 가고 있던 때였다.

이젠 내 눈앞의 이 부조리한 존재에도 어지간히 익숙해진 나는, 그러면 당신은 저 고양이 눈에서 무엇을 읽었느냐고 물었다.

터키모자를 쓴 눈앞의 그 고양이는 귀찮다는 표정으로 세상 이야기를 억지로 써낸 것 같은 진부하기 짝이 없는 단편을 몇 개 말해 주었다.

나는 이 고양이도 자신의 부조리한 존재 이상의 상상력을 갖고 있지 않다는 사실에 족히 안심하고, 다시 평온한 신년 첫날의 연속 안에서 내 발 밑에 앉아 있는 아까 그

* 제국……오스만터키 제국(1299-1922).

고양이의 머리를 어루만지면서 비판에 가까운 감상을 늘어놓았다. 그러나 터키모자의 고양이는 별로 신경 쓰는 기색도 없이 여전히 호박 같은 두 눈으로 나를 투과하여 먼 곳을 응시하고 있었다.

——그 터키모자 잘 어울리는군요, 하지만 시대는 크게 변하고 있어요. 나는 화제를 돌렸다. 이번에는 고양이가, ——네—— 하고, 무뚝뚝하게 대답했다. ——혁명이 여기저기서 일어납니다, 이 나라도 머지않아 러시아 제국과 마찬가지로 없어질지 모르죠라고 말하자, 다시 고양이는 ——네——라고 무뚝뚝하게 대답했다.

——드디어 인민에 의한 정권이 생겨날지 모르겠군요. 뭐 정도는 어떨지 몰라도, 조금은, 기뻐할 일이 아니겠습니까?라고 말하자,

——인민이나 노동자라고 해도, 결국 인간의 부류를 바꾼 것뿐이잖아요? 그게 우리 고양이나 다른 동물들에게 있어서 어떤 의미가 있다는 거죠? 우리는 인간에게 영원히 차별의 대상, 멸시받는 존재에 지나지 않아요라고 조금 정색을 하며 반론을 해왔다.

——그럼 저, 당신들은 동물에 의한 혁명을 바라고 있

겠군요. 영속적인 혁명을요라고 내가 말하자, 고양이는 갑자기, 냥냥냥냥 하고 크게 웃으며,

　──당신들에겐 우리의 생각을 말하는 혀가 없어요. 또한, 당신은 거기 있는 고양이의 눈조차 읽을 수 없잖아요라고 말했다.

　고양이가 갖고 싶어하는 것, 바라고 있는 것, 또 공상하고 있는 것을 결국 인간이 알 수는 없습니다. 그래도 언젠가는, 그것을 알 수 있는 인간을 만날 것 같다는 기분도 드는군요. 어느 날엔가는요⋯⋯. 그래서 이렇게 가끔 알 만한 사람에게 질문을 하고 있는 거예요. 이만 실례했어요, 귀중한 시간을 내줘서⋯⋯라고 말하고 고양이는 자리를 떠나려고 했다.

　──저, 잠깐 기다려 봐요. 당신이 한 아까 그 이야기 정도라면 나도 읽어낼 수 있어요. 그게 아니라면 더 깊은 이야기가 숨겨져 있나요?

　──당신의 빈곤한 상상력으로는 아무래도 이해할 수 없는 것이에요.

　──네, 그럴지도 모르겠군요. 하지만 뭐가?

　터키모자를 쓴 고양이는 다시 귀찮은 듯한 얼굴을 하고

는 잠깐 망설이더니 입을 열었다.

　──전나무 말이에요. 영원한.

　──전나무……? 전, 전……전나무 말입니까?

　──네.

　──그건, 별안간……

　──이런 시가 있어요.

　　미래로는 부족하다

　　낡은 것 새로운 것으로는 부족하다

　　영원이 초원 한가운데

　　성스러운 전나무가 되어야만 한다……

　──아, 그건 결국, 방 한가운데에 두고 크리스마스 장식을 하는 나무잖아요.

　하지만, 고양이가 어째서……

　──아니 아니, 틀렸어요. 당신은 몰라요. 영원이 초원의 한가운데에서, 성스러운 전나무가 되는 것을.

　그리고는 이만 실례하겠다고 말하고 터키모자를 바로 잡아 쓰고 내 발 밑에 앉아 있던 고양이를 소중하게 안고 카페를 나갔다.

　고양이가 고양이를 안고 걷는 모습을 나는 태어나서 처

음으로 보았다. 꼬리가 안개에 잠기게 되는 순간, ──그럼 또……── 하고 말하는 것처럼, 꼬리가 한 번 크게 씰룩거렸다.

터키모자의 큰 고양이는, 안고 있던 고양이의 눈에서 영원을 읽어낼 생각인가.

나는 테이블을 둘러싼 수수께끼 같은 이상한 공기와 함께 덩그러니 남겨졌다. 어느샌가 바깥에는 밝고 엷은 어둠이 깔리고 일몰의 아잔* 이 희미하게 들려왔다.

딴 생각에 빠졌다가 현실로 돌아온 남자가 하는 것처럼, 나는 다시 커피를 주문하고 읍의 책방에서 확인하지도 않고 산 몇 권의 헌책 중에서 한 권을 꺼내 평소처럼 첫 페이지를 펼쳤다.

──이 거리에서는 거짓을 말하고, 거짓을 들으며 너는 한발 한발 확실한 것에 진실로 다가간다──

* 아잔…… "자 예배드리러 왔습니다"라고 부르는 소리. 미나레트 위에서 아침, 점심, 저녁에 이렇게 외친다.

차 * 례

초원의 축제

*

얀의 욜카

얀에게

미래만으로는 부족하다

낡은 것 새로운 것만으로는 부족하다

영원이 방 한가운데에서

성스러운 전나무가 되어야 한다……

보리스 파스테르나크 '겨울의 축제' 중에서

(工藤正廣 편역 〈맑게 개었으면 시〉)

제1부
프롤로그, 어떤 남자의 회상
1921년

무겁고 깊고 차갑고 그리고 조용하게 자욱이 깔린 눈구름에 둘러싸여서 희미하게 저 멀리 보이지 않는 평지 저쪽으로부터, 아득하고 희미한 열차 소리가 들려온다.

하얀 레이스의 뜨개질 코같이 내리던 눈은 한참 전에 그쳤다.

바람은 잔잔했다.

저 어두운 하늘도, 두텁게 드리워진 눈구름에 덮여, 낮인지 밤인지 구별하기 힘든 경계에 녹아들어, 그냥 덧없는 황혼을 만들어 내고 있었다.

광대한 설원의 저편에서 희미하게 들려오는 기차의 기적 소리는 이 두터운 눈층에 난반사되어, 도대체 어느 쪽으로 철로가 달리고 있는지 더 이상 알 수 없게 되었다.

맑게 개이면 살을 에듯 날카로운 겨울의 대기도, 아주 조금, 눈구름이 걷혀졌지만…….

벌써 세 시간이나 설원을 헤매면서 발자국은 커다란 원호를 그리고는 사라져 갔다.

달도 별도 빛나지 않고 눈의 결정은 허무하게 설원에 버려졌다.

나는 헐렁헐렁하고 무겁고 짐승 냄새가 나는 모피코트에 몸을 감싸고 이 일주일 동안의 자신의 행동을 저주하면서 내내 서 있었다.

그때, 눈구름이 대지와 맞닿는 저 지평선 오른쪽에 오렌지색의 불이 켜졌다.

반 시간 정도 걸어서 가정집 같은 작은 여관 앞에 멈춰 섰다.

겨우 남은 힘을 다해서 나무문을 두드리자 아주 조금, 문이 빠끔 열리고 안의 따뜻한 빛이 비스듬히 스며 나와 설원을 비춰냈다. 나는 눈이 부예져서 그 사람의 실루엣조차 볼 수 없었다.

"어이, 또 만났군요. 힘드시지요? 자, 어서요. 안은 따뜻해요. 어서 들어와요."

방의 불빛이 그에게 닿자, 머리에 쓴 모자를 보고 그가 유태인이라는 것을 알았다.

"뭐야, 이런 시각에 손님이 다 오고."

또 한 남자가 이쪽을 보지도 않고 카드를 섞으며 말했다.

"이런, 제기랄!" 남자는 재빠르게 카드를 정리하고는 급히 안으로 들어가 버렸다.

"하하, 붙임성이 좀 없는 놈이라서, 미안해요. 배운 게 하나도 없으니 저 나이에도 까막눈이라니까요. 게다가 셈도 잘 할 줄 몰라요. 대신, 이 주변의 숲이나 황무지나 강에 대해서는 저 녀석 이상으로 잘 아는 놈은 없지요. 그런데 참, 식사는 어떻게 하셨어요? 이래 뵈도 쉬-* 정도는 있는데. 아니, 잠깐 기다려 봐요. 맞다 맞다, 가재 수프가 좀 남아 있어요. 저 녀석이 그저께 잡아온 거예요.

---

* 쉬- 또는 시치……캬베츠 수프. 이 시기에는 신 양배추절임을 이용했다고 생각됨.

이 주변의 호수에 사는 가재는 맛이 일품이거든요. 잠깐만요, 아니면 손님은 저기……."

매우 지쳐 있던 나는 몸이 훈훈해지자 졸음이 쏟아져 더 이상 참을 수가 없었다. 이미 그의 이야기는 귀에 들어오지 않고, 비몽사몽으로 고개만 까딱까딱 하고 있을 뿐이었다.

진흙 냄새 나는 수프와 딱딱한 빵을 다 먹고 그의 이야기에서 해방된 나는 조금 누추한 방구석에 있는 긴 의자에 누웠다.

——깊고 조용한 잠, 밑 빠진 신앙, 정처 없는 방황, 손으로 더듬어 걸어가야 할 만큼 칠흑 같은 숲 속, 표지판 하나 없는 대설원, 야트막한 선잠, ……그리고, 어느 틈에 눈동자에 비친 아침 햇빛——

지평선으로부터 도달한 희미한 빛이, 서리 낀 창유리를 엷은 홍색과 깊은 청색의 스테인드글라스로 바꾸어 창살을 십자가처럼 부각시켰다.

　"어, 일어났군요. 어젯밤엔 잘 잤어요? 정신없이 잠에
빠져 있던데요. 억지로 깨워서 안쪽 객실로 옮겨드리는
것도 아니다 싶어서…… 아참, 가시기 전에 잠깐 보여드
릴 게 있으니 이리 와보세요. 이 부근에서는 자랑할 만한
방으로, 바닥엔 카펫도 깔려 있어요. 값이 꽤 비싸게 나가
는 카펫이에요. 저걸 구하느라고 일생 동안 모은 돈의 거
의 반은 토해냈지 뭡니까. 손님이 보기엔 그냥 천조각 같
아 보이겠지만, 가난한 사람들에겐 평생의 보물이지요,
아니 자손 대대까지요. 이 근처 마을 어디를 찾아봐도 저
런 카펫을 갖고 있는 사람은 없어요. 뭐라더라 아스트라
한*이라든가 하는 도시에서 여기까지 운반해 왔답니다.
반은 믿을 수 없지만요, 원래 행상인들이 그렇잖아요. 하
지만 저건 진짜 귀한 페르시아산이라고 모두 말해 주더군
요. 한번 보고 가주지 않겠어요? 아니, 아침 식사를 먼저
드셔야죠. 가시는 길이 든든하실 겁니다."

* 아스트라한……러시아의 도시.

나는 차가운 수프를 먹으면서 그의 이야기를 한귀로 듣고 흘려 버렸다. 수프는 점점 맛이 없어져 갔다. 그리고 그의 말을 끊으려고 단 한마디 질문을 했다.

"이 근처에 전나무 한 그루만 서 있는 곳이 있다던데요?"

"네? 전나무요? 전나무라면 쓰다가 버릴 만큼 많이 있어요. 어느 정도로 굵은 걸 원하십니까? 5,6그루 정도라면 부러진 것들이 이 안쪽에 쌓여 있는데 거의 거저랄 정도의 값에 넘겨드릴 수도 있습니다. 별장이라도 세우실 건가요?"

"아뇨, 혹시 꼭대기에 별 같은 것이 붙어 있는 전나무를 모르세요? 땅에 뿌리를 내린 살아 있는 나무예요."

"손님, 아무리 학식이 높으셔도 그렇지 무식한 사람을 바보 취급해서는 안 됩니다. 인간이라는 것은 나이를 먹으면 나름대로 나이를 먹었다는 사실만으로 조금이나마 가치가 높아지는 게 아닙니까? 적어도 저는 당신보다 나이를 먹었어요. 아니, 계속 나이를 먹고 있죠. 노인을 바보로 만들어서는 안 되지요."

"저는 농담을 하는 게 아니에요. 당신을 조금도 바보로

만들 생각도 없구요. 정말 전나무 꼭대기에 은색의 별이
빛나고 있는 곳은 없나요?”

“손님은 전에 그걸 본 적이라도 있단 말입니까?”

“아뇨……” 나는 순간 어떻게 설명해야 좋을지 몰라,

“남한테 들은 이야기지만, 정확한 이야기예요, 사실입
니다”라고 대답할 수밖에 없었다.

그는 갑자기 모든 것이 해결된 것처럼 약간 자신감에
찬 목소리로,

“당신은 사람이 너무 순진하군요. 하긴 꿈이 있다는 건
아직 젊다는 증거니까, 어젯밤 좋은 꿈이라도 꾸었나요?
그건 마치 크리스마스 트리 같군요. 잠깐만요, 그러고 보
니 오늘이 크리스마스였지. 손님은 정교도겠죠? 메리크리
스마스, 당신들의 메시아는 오늘 태어났죠? 축하해요.”

“고마워요. 그런데 아까 말한 전나무 정말 모르세요?”

“당신도 참 끈질긴 사람이군요. 난 금시초문이오.”
라고 그는 분명히 화를 참으며 자리를 떴다.

식후에, 물같이 싱거운 차를 마시면서 이 허름한 여관에
서 나올 채비를 하고 있자니, 주인은 상당히 뜻밖의 숙박

료를 청구해 왔다. 빨리 여기서 나오고 싶은 생각에 더 이상 싸울 기력도 없어 가진 돈을 몽땅 털어 지불하고 얼른 밖으로 나오려고 했다.

갑자기 상냥해진 주인은,

"손님 시간은 많이 빼앗지 않을 테니까, 잠깐만 카펫을 봐주세요. 잠깐 보기만 해도 되니까. 아, 그 전나무 일은 동생 녀석한테 물어보지요. 녀석은 어쨌든 이 주변 지형에는 밝으니까. 뭔가 알고 있을지도 모르죠. 어때요?"라고 말했다.

나는 정말 내키지 않았지만 그 꼬임에 넘어가 어쩌면 쓸데없는 짓이겠지만 카펫을 보는 처지가 되었다.

아니나 다를까 형편없는 물건이었다. 싱글노트*의 짜임인데다가 전혀 고급스러워 보이지도 않았다. 오래되었다고는 하나, 그건 단지 거칠게 다루어진 정도에 지나지 않았고, 등유 얼룩인지, 페인트인지 여기저기 자국이 남

* 싱글노트(single knot)……카펫 짜임의 종류. 더블노트(이중결합)는 원래는 손이 많이 가지 않는, 강한 짜임. 카펫을 평가할 때 깊이와 맛이 결여되었다는 뜻으로 쓰인다.

아 있었다.

"이건 페르시아산은 아니지만 카프카스 쪽 물건이군요. 매우 귀한 것입니다. 진품이죠. 그렇게 오래되지는 않은 것 같은데 이만하면 아쉬운 대로 괜찮을 것 같네요."

주인은 '진품'이라는 말에 강하게 반응하며,

"그렇습니까, 진품이라구요? 과연, 그러면 이 무늬는 카프카스 지방의 것이군요"라고 이쪽의 말을 반복하면서 은근히 마음에 드는 표정이었다.

물론 이건 카프카스의 물건도 아니었다. 혁명의 와중에 어느 소시민의 집에서 가지고 나온 물건일지도 모른다. 아니 어쨌든 상관없었다. 나는 빨리 이 자리를 빠져나오고 싶었으니까.

그의 동생이 나갔다 돌아오는지 문소리가 났다.

"이 근처에서 꼭대기에 별이 붙어 있다든가 하는 나무 본 적 있냐? 이 손님이 찾고 계신다는데. 어때, 알고 있어?"

동생은 여전히 무뚝뚝한 표정으로 가만히 내 얼굴을 쳐다보았다.

"그래, 역시 잘 모르는구나. 손님 안됐소만, 그거, 동료 들한테 잘못 들었거나 잘못 알고 있는 것 같군요. 도움이 못돼서 미안하오. 그럼 크리스마스 잘 보내요. 친구."
라고 마지막 인사는 거의 예의를 갖춘 표정으로 나를 바라보더니, 바로 문을 닫고 안으로 들어갔다.

동생은 문 입구에 서 있었다.

그리고 내가 스무 걸음 정도 멀어졌을 때, 내 옆을 나란히 걷고 있었다.

"그 전나무는 이제 없어요"라고 그는 쌀쌀맞게 말했다.

그러나 그 무표정함 속에 뭔가를 전달하고 싶은 기분이 읽혀졌다.

"그럼, 별이 붙은 전나무를 알고 있었군요?"

"아뇨, 전 몰라요."

"그럼, 왜 이제 없다고 했습니까. 이전에는 있었다는 말 아니오?"

"이웃 마을의 모피 채취하는 사냥꾼한테 들은 이야기요. 그러니까 난 잘 몰라요."

"그 사냥꾼은 뭐라고 하던가요?"

그는 기분 나쁘게 입을 꾹 다물고 커다란 보폭으로 뚜

벅뚜벅 걸어갔다.

나는 가방을 내팽개치고 오로지 그를 쫓아가는 데 필사적이었다. 그리고 그런 그의 태도가 '따라오라'는 암묵적인 명령을 내리고 있었다.

나는 오로지 그 명령에 따랐다.

설원은 청백색을 띠며 끝없이 펼쳐져 갔다.

어제 내 발자국은 흔적도 없이 지워지고 회색으로 피어오른 듯한 커다란 숲 덩어리를 목표로 나아가고 있다.

다가가 보니 숲은 커다란 날개를 펼친 새처럼 우리를 기다리고 있었다. 날개를 구성하는 한 그루 한 그루의 침엽수는 눈발을 설탕처럼 흩뿌리면서 수많은 무거운 깃털을 서로 포개고 있었다.

사람의 발자국은 물론 짐승의 발자국마저도 눈에 띄지 않는 숲의 좁은 공간을 지나가고 있었다.

머리 위에는 하늘의 가느다랗게 갈라진 곳이 눈앞의 시야와 연결되면서 길게길게 이어지고 있었다.

별다르게 달라진 건 없고 어렴풋이 밝아지긴 했어도 맑게 개인 것은 아니었다. 어쩌면 지평을 기어 뻗어 나온 12

월의 태양 빛이 상공의 눈구름에 반사되어 간접적인 조명 효과를 내고 있는 것일지도 모른다.

갑자기 앞이 탁 트이고 커다란 숲 속에서 텅 빈 지대가 나타났다.
넓디넓은 설경의 여기저기에는 마른 관목이 눈 사이로 삐죽이 얼굴을 내밀고 있었다.
바람은 여전히 잠잠하고 우리의 숨결 말고는 무엇 하나 소리를 내는 것은 없었다.
그는 나에 비하면 꽤 얇고 낡은 상의에 코트도 걸치지 않았다.

그의 장화 뒤를 쫓아가면서 텅 빈 지대에서 오른쪽으로 돌아 다시 침엽수 숲으로 들어갔다. 이번에는 길이 아닌, 나무들만 빽빽이 들어서 있는 곳 사이를 빠져나가 깊은 눈에 발이 푹푹 빠지면서 아무 생각 없이 그저 앞으로만 나갔다.
답답하게 드리워진 침엽수림의 가지들 사이로 변덕스럽게 얼굴을 내미는 하늘에는 희미한 태양 빛을 빨아들인 눈구름이, 소용돌이치는 한기를 조용히 호흡하고 있었다.

눈이 내리지 않기를 바라면서 나는 필사적으로 그의 뒤를 따라갔다.

긴 코트의 소매는 나무에 붙은 눈들을 쓸면서 점점 무거워졌다.

"지금 별이 붙은 전나무를 찾아가고 있죠? 말 안 해도 알아요."

"그런 건 이제 없어요"라고 그는 같은 말을 반복할 뿐이었다.

어두운 숲의 끝이 나타났다.

검은 줄기와 줄기 사이에서 회색이나 백색의 나무껍질이 때때로 섞여 있는 것처럼 보였다.

빗자루 같은 마른 가지만 남아 있는 낙엽수림대에 들어서자 주변은 훨씬 밝아져 나뭇가지 끝의 미세한 떨림까지 볼 수 있었다.

차가운 대기가 귓불에서 속삭였다. 앞의 남자는 귀까지 덮이는 모피모자를 꾹 눌러썼다.

나도 따라서 모자를 깊이 눌러썼다.

이렇게 숲은 드문드문한 수풀로 바뀌고 나무들의 키는 점점 작아져 갔다.

마지막으로 이름도 모르는 관목림대를 빠져나오자, 우리는 마침내 넓은 설원에 서 있었다.

그의 눈은 한번 허공을 바라본 다음, 방향을 정하기 위해 천천히 눈 덮인 설원을 왼쪽에서 오른쪽으로 움직여 갔다. 그리고 오른쪽 아득히 한 점을 주시하더니 그것과는 전혀 다른 방향으로 나아갔다.

나는 그가 쳐다보았던 방향을 몇 번이나 되돌아보면서, 그의 뒤를 바짝 따라붙었다. 그러나 그가 본 지평에는 어둡게 깔린 설원과 그 아래에 숨겨진, 그을린 진회색의 숲 같은 덩어리 외에 무엇 하나 눈에 띄는 것은 없었다.

그는 내가 몇 번이나 아까 그 방향을 돌아보는 걸 알아차리고 그것을 책망하려는 것처럼 분노와 경계심을 품은 시선으로 내 눈을 정면으로 바라보았다. 나는 움찔해서 발 아래를 쳐다보면서 오직 그의 발자국만 따라갔다.

이윽고 우리가 빠져나온 숲도 훨씬 뒤로 사라져 가고 그가 응시한 방향의 숲 같은 덩어리도 모두 시야에서 사라졌다.

거기에는 넓게 펼쳐진 설원과, 낮게 하늘의 한 면을 뒤덮은 눈구름 말고 이 대지를 오염시키는 것은 죄 있는 두 인간뿐이었다.

어쩌면 그는 신을 믿는 죄, 그리고 나는 신을 일찍이 믿지 않은 죄를 등에 짊어지고 걸어왔는지 모른다.

그러나 이렇게 새하얀 대지의 중심에 우리 두 사람이 계속해서 발걸음을 내딛을 수 있다는 것은 이 대지가, 그리고 설원이, 우리 둘을 이미 용서하고 있다는 증거가 아닐까.

나는 별이 달린 전나무를 볼 수 없어도 이제 괜찮다고 생각하기 시작했다. 아마 피곤에 지친 내 몸이 전진을 포기하고 이 설원에 잠들고 싶었기 때문일 것이다.

어렴풋하게 밝아졌던 하늘도 어느샌가 사라지고 차가운 대기의 흐름이 얼어붙은 설원을 낮게 기어가면서, 두 사람의 발 아래로 바싹바싹 밀어닥쳤다.

나는 이미 한참 전부터 발밑 외에는 아무것도 보고 있

지 않았다. 아니, 볼 수가 없었다.

나는 완전히 피로에 지쳐 있었다.

그리고 자신의 행동을 다시 읊조렸다.

갑자기 그가 걸음을 멈추었다.

얼굴을 들어보니 내 앞에는 이상한 나무 기념비가 서 있었다.

가까스로 그가 있는 곳까지 다가가서 숨을 가다듬으며 물었다.

"이건 어떻게 된 거죠?"

"타 버렸어요."

"뭐가요?"

"전나무요."

내 볼에 한층 차가운 냉기가 닿더니 그대로 흘러갔다.

"타다니요, 벼락이라도 맞았단 말인가요?"

그 나무는 줄기가 높이 2미터 정도밖에 남아 있지 않았고 뾰족하게 갈라진 틈새에 눈과 얼음이 쌓여서 장엄한 인상을 주었다.

"포탄이 명중했어요."

"네?"

"내전*이었죠."

"그런데 왜 이런 곳에?"

"이 주변은 전쟁터였어요. 비참한 일이죠. 많이들 죽었어요."

"그랬군요…… 그런데 별이 달린 전나무는 어디쯤에 있었나요? 아직 멀었나요?"

그는 잠자코 있었다. 그리고 지금까지 왔던 발자국을 조금 비켜 가면서 원래 왔던 쪽으로 되돌아가기 시작했다. 두 줄의 발자국이 설원에 쓸쓸하게 그려졌다.

"저게 그 나무예요."

나는 별로 놀라지 않았다. 피로와 추위로 감정이 완전히 얼어붙어 있었는지도 모른다.

"그러면 꼭대기의 별도 가루가 되어 버렸겠군요?"

"아뇨, 저는 사실 저 나무에 별이 달려 있는 것을 본 적

* 1917년 러시아 혁명 후, 국내 각지에서 반혁명군(자위군)의 공세가 약 3년간 계속되었다. 영국군이 무르만스크나 아르항겔스크에 상륙해서 백군을 지원했던 것도 이 시기의 일이다.

이 없어요. 그냥 사냥꾼한테서 들은 것뿐이라구요. 이게 별이 붙은 전나무였다고.”

“그래요?”

이상하게도 나는 뒤돌아볼 생각도 들지 않고 차분한 기분으로 그와 나란히 걷고 있었다.

도대체 얼마나 걸었는지 기억은 할 수 없지만 아까 본 것 같은 오두막이 보이고 입구에서 나올 때 두고 온 내 가방이 덩그러니 기다리고 있었다.

여관 주인은 나가고 없었다.

처음의 불쾌함은 어느 틈엔가 사라지고 그는 따뜻한 차를 사모바르의 뜨거운 물에 타 주었다. 그는 어쩐지 안심이 된 듯한 얼굴을 하고 있었다. 그리고

“어떻게 별이 있는 전나무 이야기를 알게 됐나요? 근처 마을에서 들었나요?”라고 물었다.

“아뇨, 그런 건 아닙니다. 이야기해도 믿어 주지 않을 것 같네요. 그냥, 옛날부터 알고 있었어요”라고 나는 대답했다. 그밖에 어떤 대답이 있었을까.

"그랬군요. 마을 사람들 중 몇몇은 그 소문을 듣고 한동안 이곳을 드나들었죠. 오래 전 일이에요. 이젠 오는 사람도 없게 되었지만…… 꼭대기에 은별이 장식된 전나무가 있다는 말도 안 되는 이야기를 믿고, 욕심 많은 사람들이 은장식을 찾으려고 말예요. 정말 어리석은 자들이죠. 지긋지긋해. 어쨌든 당신은 그런 사람들 중 하나는 아닌 것 같지만요."

"저는 그저 한번 보고 싶었을 뿐입니다. 하지만 이제 됐어요. 그렇게 오래된 것이 남아 있을 리가 없잖아요."

"그렇게 옛날부터 이 이야기가 있었나요?"

"네."

"도대체 누가 이런 이야기를 만들어 냈을까요. 당신은 알고 있나요?"

"네, 하지만 누구한테도 말하지 않고 혼자서만 마음속에 담아두고, 조용히 비밀스런 꿈으로 간직해도 좋지 않을까요?"

"동감이오."

그는 왠지 내 말에 강하게 공감하는 것 같았다. 마치 그의 마음속에도 타인에게는 결코 말할 수 없는 소중한 세계가 남모르게 간직되어 있는지도 모르겠다.

"기차역에서 왔어요? 거기서 또 탈 건가요?"

"네, 그래야죠."

"썰매로 데려다 줄게요. 눈이 많이 온다는군요."

나는 그의 따뜻한 배려에 깊이 감사하고 썰매를 탔다.

곰 모피 안에 웅크려 드문드문 가루눈이 춤추기 시작한 설원을 미끄러지듯 달리기 시작한 썰매는, 반짝반짝 빛나는 갈기를 흩날리는 두 마리의 말에 이끌려 점점 속력을 더해서 눈을 깜박일 틈도 없이 내가 묵었던 여관은 존재하지 않는 듯 작은 점이 되어 버렸다.

오른쪽은 산뜻한 눈 언덕이고 더 앞쪽의 작은 웅덩이를 넘자 또 다음 언덕이 나타났다. 왼쪽 멀리에는 회색의 숲이 연이어 계속되고 있었다.

달려도달려도 경치에 큰 변화는 없었다.

경치를 보는 데 싫증이 난 나는 다시 한 번 얀의 이야기를 떠올려보려 했다. 그리고 어제부터의 피로와 모피의 따뜻함 속에서 회상은 꿈으로 바뀌고 이야기는 시가 되었다.

　잠시 동안 기분 좋게 졸던 내 의식은 깊은 잠에 빠지기 전에 안간힘을 다해 그 이야기를 그리기 시작했다.

　그렇다, 나만이 알고 있는 그 아름다운 이야기를…….

　그것은 작디작은 로망* 이었다.

---

* 로망……러시아어로 장편소설이라는 의미.

제2부
초원의 크리스마스
1900년–1902년

I. 첫번째 여행, 혹은 가을 여행

감상주의 티켓

이쪽 끝에서 저쪽 끝까지 하늘은 슬플 정도로 투명하고 맑게 개어 있었다.

나는 조용히 문을 열고 붉은 보라색의 엉겅퀴 가시를 피하면서 비탈길의 꼭대기를 향해서 올라갔다.

등 뒤에는 유유히 흐르는 큰 강이 구불구불 이어져 있고, 무수한 연못들이 그 곁을 병풍처럼 두르고 있었다.

내 등의 갈색과 하얀 털은 때때로 이 강과 연못이 반사하는 빛을 대담하게 받아 반짝반짝 황금색으로 빛났다.

미세한 바람이 불어오자 솜털도 희미하게 떨리고 그 중

몇 가닥은 정처 없이 날려갔다.

얼마 지나 언덕 꼭대기에 다다르자, 내 발에 밟혀 따라온 가을 풀은 드러누운 채로 오두막으로 이어지는 한 가닥의 길을 가리켰다.
그 양쪽에 점점이 흩어진 엉겅퀴 꽃이나 상기된 듯이 얼굴을 내민 송충풀 꽃이 바람에 흔들릴 때마다 나에게 새로운 축복을 내려주어 마음 뿌듯했다.

이제부터 내려갈 길은 풀들로 완전히 뒤덮여 있다.
그리고 내려가는 길에 처음으로 만나는 것은 완만한 경사면 곳곳에 빙하시대에 남겨진 거대한 회백색의 바위들이다.

한참 내려가서 뒤돌아보니 역광 속에서 작고 높은 언덕의 꼭대기가 모자 같은 실루엣을 그리고 있고, 그밖에는 아무것도 보이지 않았다.

계속 내려가자 화강암의 작은 바위들이 있는 곳이 나타

나고, 나는 그 위에서 아까부터 망태기 속에서 유쾌하게 춤추고 있던 양배추 필로그*를 먹기 시작했다.

눈앞에 펼쳐지는 풍경은 원시적인 위엄과 자부심을 갖고 모든 것을 지배하고 있었다.

침엽수의 거대한 숲이 지평을 다 메우고 저 멀리 섬 같은 텅 빈 지대와 늪과 호수가 남겨져 있을 뿐이었다.

그래서 여기서 이렇게 보는 동안은, 누구 한 사람, 이 숲지대에 철로가 숨어 있는 것을 알아차릴 리가 없었다.

이렇게 이 경사면을 내려가 자작나무가 점점이 흩어져 있는 밝은 들판에 이끌려 꿈 같은 생각으로 그곳을 빠져나오자, 어두운 침엽수 숲이 나를 기다리고 있었다.

여기까지 오자 길은 완전한 발자국이 되고 테레빈 유 같은 향기를 빨아들이면서 더욱더 안으로 안으로 뻗어들어 갔다.

* 양배추 필로그……안에 여러 가지 조개를 넣고 구워낸, 커다란 파이 같은 것. 필로시키는 작은 필로그를 가리킨다.

오후의 태양 빛은 수림대의 안쪽 깊이 도달하지도 않고 공허하게 우주로 사라져 갔다.

나무들 그림자가 선로의 둔덕을 횡단할 즈음, 남쪽에서부터 천천히 속도를 떨어뜨린 열차는 완만한 오르막길의 레일 위를 걸어오는 것처럼 다가왔다. 객차 뒤에는 화물 칸이 연결되어 있고, 마지막 꼬리는 승강구 발판이 튀어나온 우편물 칸이었다.

나는 그곳에 훌쩍 뛰어올라, 발판 위에서 좌우로 지나가는 침엽수 숲과 언덕의 정상을 바라보았다.

멀리서 펼쳐지는 풍경은 언제나 쓸쓸하고 슬펐다.

속도가 떨어지면 레일 사이에 핀 하얗고 작은 꽃이나, 좌우의 숲에 때때로 흩어지기 시작한 자작나무가 외로워 보였다.

그리고 열차가 속도를 내면 아무리 멀리 있어도 항상 거기에 계속되는 철로의 아득한 저 너머에 영원한 추억이라든지 끝 갈 데 없는 슬픔, 한결같이 평범한 감정이 얼굴을 내밀었다.

‘기차를 탄다는 것은, 싸구려 감상주의 티켓을 손에 넣는 것이다’ 라고 일찍이 카와카마스*는 말했다.

그리고 나는 이미 이 싸구려 감상 여행을 한 번 경험했었다.

어린 시절의 희미한 기억을 더듬어 가는 여행.

여기서부터 열차를 타고 더듬더듬 도착한 사빈스키라는 쇠퇴한 마을이 그 기억의 근원이었다.

――역 정면 높이 걸려 있는 사빈스키라는 글자판 하나하나와, 중심부에서 조금 떨어진 길가의 반지하 방, 감자와 석탄이 저장된 실내에서 아주 드물게 오가는 구두 소리와, 순간 지나가는 구두 소리가 겨우겨우 들어오는 희미한 빛을 차단하며, 이동하는 마리오네트*의 의족의 그림자를 만들어 냈었다.――

그곳은 이별과 우연한 재회의 가능성을 내포한 마을이었다. 아니, 가능성이라기보다는 소망에 지나지 않았지만.

* 카와카마스……고양이 얀의 친구인 대형 물고기. 《얀과 카와카마스》에 등장하고 있다.
* 마리오네트……프랑스의 인형극에 쓰는 인형, 또 그 인형극.

어디에 비할 데 없이 깊고 쓸쓸했던 그 고독의 시간에 나는 아무것도 생각하지 않고, 여하튼 열차의 발판으로 뛰어올랐었다.

몇 개의 인적 없는 역을 지나 어느 무인역에 정차한 열차는 누구 한 사람 내리거나 타는 것도 없이, 다가오는 황혼 속에서 한숨을 내쉬고 있었다.

소리도 없이 움직이는 차바퀴들 사이에 잡초가 끼고, 낡아빠진 역 건물의 바깥벽에도 덩굴들이 얽혀 있었다.

등 뒤에 펼쳐지는 드넓은 황혼들녘은, 몇 그루의 고목 외에는 파도같이 넘실대는 마른 풀의 연속이었다.

이윽고 속도를 더한 열차는 이미 무인역 같은 것은 처음부터 있지도 않았다고 말하기라도 하듯이 뒤도 돌아보지 않고 오로지 앞으로만 달렸다.

단조로운 레일의 소리를 들으면서 내 의식은 황혼들녘을 떠돌며 멀어져 가는 전신주 기둥에 붙은 하얀 뚱딴지를 하나하나 배웅하고 있었다.

뚱딴지는 전선을 따라 서로 이어지며 내 무의식에 차례

차례 전류를 보냈다.

나는 완전히 기분 좋은 잠 속으로 잠겨 갔다.

사빈스키

저녁 무렵의 엷은 어둠 속에서 오렌지색의 가로등이 플랫폼을 군데군데 비춰내고 있었다.

그리고 거기에는 나란히 앉아 각자의 물건을 파는, 주름살이 깊이 파인 아주머니들이 있었다.

나는 역 안에 있는 식당으로 달려가서 한 아저씨가 모자를 쓴 채로 보드카를 마시고 있는 썰렁한 식당 안을 지나 가장 구석진 테이블에 놓인 값싼 유리컵과 스푼을 손에 쥐고 조금 전 물건 파는 아주머니들이 있는 곳으로 돌아왔다.

달걀 몇 개씩을 바구니에 담으면서 쉰 목소리로 달걀을 사라고 외치던, 장미무늬의 빨간 플라토크*를 쓴 아주머니가 있는 곳으로 가서,

"저, 달걀 좀 주세요"라고 말을 꺼냈다.

* 플라토크……스카프의 종류.

“얘, 고양이야. 돈은 갖고 왔어?”

“아뇨, 없어요.”

“이런 이런, 그럴 때는 ‘달걀 한 개 얻을 수 없을까요?’ 라고 하는 거야.”

“저 괜찮으시면, 달걀 한 개 얻을 수 없을까요?”

“오오, 가져가렴” 하며 친절한 아주머니는 신선해 보이는 달걀을 하나 주었다.

나는 그것을 재빨리 깨뜨려서 유리컵에 넣고 스푼으로 짤그랑짤그랑 휘젓기 시작했다.

그리고 플랫폼 위를 조금 걸어가니 이번에는 벌집 안에 든 벌꿀을 팔고 있는, 파란 장미무늬의 플라토크를 쓴 아주머니를 발견했다.

“저, 괜찮으시다면 꿀을 아주 조금 한 스푼만 주실 수 없을까요?”라고 나는 부탁했다.

“그런데, 고양이야, 돈은 갖고 있니?”

“아뇨, 유감스럽게도 전혀 없어요.”

“저 말이다, 고양이야, 그럴 때는 말이다, ‘꿀을 조금 얻고 싶습니다’ 라고 부탁하는 거야.”

“저, 꿀을 조금만 얻고 싶습니다.”

"그래야지, 여기 넣어 줄게" 하며 아주머니는 달걀을 섞어 놓은 내 유리잔에 꿀을 한 스푼 넣어 주었다.

나는 짤그랑짤그랑 스푼으로 달걀과 꿀을 섞으면서 느긋하게 거품이 일기를 기다리고 있었다.

마지못해서 앞으로 나가는 열차를 플랫폼이 끝나는 곳까지 가서 배웅하면서 계속 짤그랑짤그랑 젓고 있자니 겨우 작은 거품들이 일어나 고골모골* 이 완성되었다.

그 달고 맛있는 것이라니!

기분 좋게 배를 채운 나는 스푼과 유리컵을 식당 테이블 위에 갖다 놓고 역을 나왔다.

사람들의 발걸음이 뜸한 역전 광장에 나오니 역 출구는 오렌지색의 빛을 발하며 검은 그림자를 띠고 있었다.

지붕에 걸려 있는 녹슨 철판에 '사 빈 스 키' 라는 글자도, 그것을 아는 사람이 아니라면 이미 알아볼 수 있는 상태는 아니었다.

* 고골모골……달걀을 거품 낸 단맛이 나는 디저트.

광장을 둘러싼 낡은 시청사나 극장이나 호텔도 이미 몇 개만 불을 켠 채로 저녁 어둠에 완전히 잠겨 있었다.

나는 아무런 목표도 없이, 광장에서 시작된 방사상의 길 중 하나를 선택해 마른 낙엽이 때때로 춤추며 내리는 포플러 가로수길 사이를 걸어갔다.

곳곳에서 아련히 되살아나는 기억의 단편도 현실의 구체적인 사물과 마주치면 갑자기 색 바랜 것으로 바뀌어 갔다.

"이봐 고양이 어디 가는 거야?"

낮은 벽돌 건물의 모퉁이를 막 돌았을 때, 한 마리의 시궁쥐가 말을 걸어왔다.

"아니, 특별히 어딜 가는 건 아니야. 옛날 추억을 좀 더 듬고 있는 것뿐이야."

라고 나는 대답했다.

"그래? 하지만 이 마을은 쓸쓸함만 남아 있어."

시궁쥐는 그렇게 말하고는 어둠 속으로 폴짝폴짝 사라져 갔다.

나는 조금 쓸쓸한 기분이 되어서 이 모퉁이를 도는 것을 그만두고 계속 앞으로 걸어 나갔다.

한 구역을 걸어가자 다시 낮고 어두운 색의 벽돌로 단장한 건물의 한 모퉁이가 나타났다. 이곳을 돌아가 보려고 한 그 순간,

"이봐, 아까 그 고양이 어디 가는 거야?"

라는 약하고 매우 작은 소리를 들었다.

뒤돌아보니 아까 그 시궁쥐가 밑을 보고 서 있었다.

"아니, 어딜 가려는 건 아니고 그냥 한 바퀴 돌아보고 있는 것뿐이야."

라고 나는 대답했다.

"그래? 하지만 여긴 너무 쓸쓸해."

라고 그는 아까와 같은 말을 반복하더니 나를 앞질러서 어둠 속으로 순식간에 사라져 버렸다.

그러나 이상하게도 그 다음에도 그 다음에도 마을의 모퉁이 앞에 설 때마다 똑같은 시궁쥐와 마주쳤다. 그리고 그때마다 그는 항상 같은 말을 반복했다.

"이봐, 고양이 어디 가?"

"글쎄, 그런데 이 마을은 고독에 잠긴 자에게는 쓸쓸하

기만 할 테지.”

“이봐 고양이…….”

“하지만, 이 마을은 고독에 잠긴 자에게는……”

“……이봐, 고양이 어디 가?”

“하지만……쓸쓸하기만 할 테지.”

“이봐……고양……”

나는 최면에 걸린 것처럼 나도 모르게 ‘이 마을은 쓸쓸해’라며 속으로 되풀이하고 있었다.

이틀 동안 마을을 헤매며 기억과 현실 사이에서 아무런 연관도 찾아내지 못한 채, 나는 점점 심해지는 소외감 때문에 초원의 오두막으로 돌아가기로 했다.

아침놀이 지는 고위도 지방의 특징이라 할 날카로운 빛
에 반사되어 광장의 건물들은 강한 대비를 이루며 나를 맞
이했다.

역 건물도 아직 잠자고 있고 역무원들의 모습도 눈에 띄
지 않았다.

커다란 홀의 한 모퉁이에 있는 대합실에는 두 번 다시
과거를 펼치고 싶지 않은 듯이 불룩하게 배가 나온 여행
가방을 끈으로 단단히 조여 맨 아저씨와, 하얀 법랑 양동
이에 감자를 가득 채우고 또 하나의 양동이에는 양파를
가득 채워 그 곁에 쭈그리고 앉은 아주머니가 있는 정도
였다.

식당도 아직 닫혀 있고, 꽤 더러워진 유리가 끼워진 문
안을 들여다보니, 플랫폼으로 통하는 키 큰 창문에서 가늘
게 들어오는 아침 햇살이 하얀 식탁보와 크리스털 꽃병에
꽂힌 한 송이의 야생화를 안타까운 꿈처럼 부각시키고 있

었다.

내가 사흘 전 저녁에 놔두고 간 유리컵과 스푼은 벌써 누군가가 치웠는지, 어디에도 보이지 않았다.

나는 유감이라고 생각하면서도 그 달고 맛있었던 고골모골의 맛을 떠올리고 있었다.

꼬리와 발을 달랑달랑 흔들면서 식당과 플랫폼 사이에 나 있는 세 그루의 자작나무 아래에 있는 벤치에 앉아 열차를 기다리고 있자니, 선로 맞은편에 펼쳐져 있는 낙엽수 숲의 노란 잎이 가을바람에 흔들려 반짝반짝 한 장씩 반사되어서는 빙글빙글 회전을 반복했다.

플랫폼 위의 하늘은 끝도 없이 파랗게 물들어 있고, 나는 무엇과도 비교할 수 없는 행복한 기분에 푹 빠져 있었다.

열차의 도착을 그저 멍하니 기다리는 이 의미 없는 시간에 몸을 맡길 수 있는 것은 여행하는 자의 특권이다.

얼굴을 위로 쳐들자 세 그루의 자작나무에 무수히 박혀 있는 노란 잎들 사이로 아침 햇살이 다시 산란되어 나는 그 눈부심에 눈을 뜨고 있을 수가 없었다.

오랜 시간이 지나가고, 눈꺼풀 안으로 멀리서 흐릿하게 열차 그림자가 비춰졌을 때, 현실의 기차도 소리 없이 오른쪽 지평에서 나타났다. 그랬다, 저만큼 서둘러 피스톤을 움직이면서 전진해 온 기관차도 그것에 힘없이 이끌려 온 객차도, 음성도 없는 스크린 위로 천천히 감속하면서 가까스로 정차했다.

여전히 내리는 사람은 없고 사빈스키역에서 올라타는 손님은 아까 그 두 사람과 나뿐이었다.

이번에는 덜커덩 한마디 소리를 내고 열차는 움직이기 시작했다.

나는 아무도 없는 객차의 의자에 앉아서 세 그루의 자작나무와 식당을 바라보고 있었다.

그러자 식당의 창틀에 앞발을 걸친 아기고양이가 기지개를 켜면서 조금 더러워진 유리창 너머를 열심히 들여다보는 모습이 보였다.

아기고양이가 딛고 서 있는 나무상자는 아무렇게나 포개져 있어 근들근들 흔들리고 있었다.

통로에서 돌아보니 뒤쪽 자리에 웅크리고 있는 것처럼

앉아 있는 아까 그 아주머니가 감자와 양파가 든 양동이를 꼼짝 않고 쳐다보고 있었다. 그리고 그 반대쪽 자리에서는 낡은 모자를 뒤집어쓴 아저씨가 창 밖의 풍경을 무심히 바라보고 있었다.

갑자기 열차의 진동음과 레일 소리가 크게 귀에 들어왔다. 열차는 분명히 속도를 내며 전신주의 행렬과 자작나무 숲은 몽타주의 간격을 조금씩 좁혀갔다.
그래도 멀리 떠 가는 구름 떼는 조금 전과 마찬가지로 똑같은 자리에서 이쪽을 보고 있었다.

몇 개의 역을 통과해 그 무인역에 다다랐을 때 초원과 숲이 서로 섞인 경치가 나타났다.
그러다가 숲은 줄어들고 초원이 펼쳐져 갔다.
아침 바람에 풀은 옆으로 눕고 바람은 풀밭에 파문을 일으키며 차례차례로 움직여 갔다.
그 사방에서 전달되는 파도가 마주치는 곳에 한 그루의 작고 어린 전나무가 서 있는 것이 보였다.
그러나 금세 눈앞에 펼쳐진 수풀지대에 가려져 다시 자

작나무와 침엽수가 뒤섞인 숲이 줄지어 계속되었다.

　열차가 완만한 봉우리를 넘기 위해 속도를 줄여야 했을 때, 나는 겨우겨우 발판에서 선로의 둔덕으로 뛰어내릴 수 있었다.

　선로를 따라 걸으면서 사흘 전 지나왔던 길을 찾았다. 그리하여 오른쪽으로 나 있는 입구를 발견하자 나는 달려가듯이 뛰어들었다.

　이 어두운 수풀지대를 빠져나가면 저 밝은 자작나무가 점점이 흩어져 있는 자그맣고 아담한 초지에 도착할 수 있다.

　그리고 이 초지로 이어지는 비탈길은 내가 사는 언덕으로 연결되어 있다.

　눈앞에 우뚝 솟은 작고 높은 언덕 경사면에 태양 빛이 비스듬히 비추어 곳곳에 노출된 커다란 흰 바위의 그림자가 풀로 뒤덮인 경사면에 길게 뻗어 있었다. 저 높이 올려다보이는 화강암 벼랑은 수직으로 우뚝 서 있는 것처럼 보였다.

숨을 죽이고 비탈길을 올라간다.

이따금 필로그를 먹으려고 쉬어 가던 벼랑도 오른쪽에
서 돌아 들어가면 어렵잖게 도착할 수 있었다.

벼랑의 바위 위에서 가을바람을 들이마시고 있자니 그
쓸쓸한 마을이 정말 존재하고 있었는지, 아니면 그 마을
의 건물 하나하나와 주민 한 사람 한 사람이, 그리고 거
리 모퉁이를 배회하던 시궁쥐가, 달걀 파는 아주머니와 꿀
을 파는 아주머니가 스스로의 실존을 아주 먼 옛날로 던
져 버리고 마을 전체를 존재하지 않는 저편으로 밀어붙여
버린 것인지, 내 머릿속은 혼돈으로 가득 차 버렸다.

그래도 그 마을의 쓸쓸함과 우아함은 마음에 깊이 남았
다.

II. 두번째 여행, 혹은 겨울 여행

쇄빙선

어느새 가을도 끝을 맞이하고 겨울이 내 오두막 문을 톡톡 두드리는 소리가 들렸다.

창유리에 붙은 눈의 결정은 창에 걸린 볼품없는 천을 밖에서 볼 때만큼은 우아한 레이스로 꾸며 주었다.

며칠인가 계속되던 잔뜩 찌푸리고 눈 내리는 하늘도 걷히고 한층 더 날카롭게 내리쬐는 빛이 남쪽에서 비추일 때, 나는 뜨거운 수프를 먹으면서 초원에 엷게 쌓인 눈이 여기저기 얼어서 앞다투어 반짝반짝 반사되는 모습에 완전히 매료되어 있었다.

그리고 그 아득한 끝에는 아직 얼지는 않은 커다란 강이 꾸불꾸불 이어져 수면을 빛내면서 느긋하게 누워 있었다.

마치 그것은 은색의 긴 종이가 대지에 달라붙은 채로 정지해서 흐르고 있지 않는 것처럼 생각되었다.

이동하는 무리에 뒤처진 몸집이 큰 철새 한 마리가, 날개를 있는 대로 펼쳐서 내 눈높이로 활강하면서 왼쪽으로 한 번 큰 원을 그리며 선회했다.

그 눈 아래에 펼쳐진 대지는 가루사탕 같은 눈과 이제 막 얼기 시작한 땅으로 끝 간 데 없이 뒤덮여, 이제부터 내려앉을 나뭇가지에도 이미 얼음 알갱이가 달라붙어 있었다.

12월도 반을 넘겼을 때, 단단하게 언 저 큰 강 위에서는 새하얀 보호색의 토끼와 회색의 이리, 은빛여우가 스케이트를 타기 시작했다.

크리스마스가 가까워지면 누구나 기분이 들떠서 맑게 개인 날에는 앞을 다투어, 얇고 투명한 대기의 반구를 뒤집어쓴 대지로 뛰어나갔다.

나도 왠지 모르게 근질근질 좀이 쑤셨지만 겨울을 즐기는 무리에 합세하는 것은 원래 서툰 편이라 오두막 안에서 우물쭈물하면서 바깥의 경치만 바라보고 있었다.

친구 카와카마스가 두꺼운 얼음 때문에 강에서 더 이상 나올 수 없게 되었던 것도 나에게는 만만치 않은 타격이었다.

우울증에 사로잡히기 전에 무언가 행동을 하지 않으면 안 된다.

그래, 마을의 크리스마스를 봐야겠다고 마음먹고 나는 다시 사빈스키로 가기로 했다.

그것은 12월치고는 꽤 따뜻한 날이었지만, 펠트부츠를 신고, 손바닥도 차가워져서 양모장갑을 끼고, 머리에 머플러를 두르고 귀 덮개가 달린 모자를 쓰고 오두막을 나섰다. 도중에 쉴 곳도 없을 것 같아 먹을 것은 챙겨가지 않았다.

언덕 정상 가까운 동쪽 경사면은 따뜻한 만큼 눈도 적었다.

몸속이 후끈후끈해서 더울 정도였기 때문에 나는 좀 과장스러운 차림으로 온 것을 후회했다.

그러나 동쪽 면을 중간쯤 내려가 그 벼랑 근처까지 오자, 오솔길에 내린 눈이 얼음이 되어 착 붙어 있었다. 이럴 바에는 차라리 눈이 내리는 날에 오는 편이 나았을 것 같다.

정말 힘들게 언덕을 내려가자 자작나무가 점점이 자리 잡은 마른 초지가 조용히 나를 맞이해 주었다.

변함없이 이곳은 꿈 같은 곳이었다.

저 근사한 틈을 비집고 나란히 서 있는 청초한 나무들과, 초지가 스스로 만들어 내는 평온한 세계를 나는 평생 잊을 수 없을 것이다.

뒤돌아보니 내 언덕은 회색의 모자가 되어 있었다.

전방의 침엽수 숲은 솜 같은 눈을 여기저기 싣고 몇 겹으로 정렬해서 정중히 나를 맞이해 주었다.

그 나무 사이로 난 한 갈래 길이 반은 눈에 파묻힌 채로 숲 안쪽으로 뻗어 있었다.

토끼와 담비 같은 무리의 발자국이 때때로 대담하게 길을 가로질러 수림대의 깊은 곳까지 점점이 이어지고 있었다.

그리고 하루 종일, 태양 빛이 스며들 여지도 없는 이 숲 속에서 그들의 발자국은 단단하게 얼어붙어, 그날그날의 생명의 기록을 영원히 철해 버렸다.

이런 순백의 눈에 새겨진 발자국을 보고 있자니, 이 뒤를 더듬어 그들과 함께 숲 속 깊이 조용히 나뉘어 들어가, 거기 그대로 언제까지나 머물러 있고 싶다는 유혹에 사로

잡힌 적이 있다.

그런 유혹을 뿌리치며 내 펠트부츠는 작은 구멍을 길에 남기고 지나갔다.

눈 속에 일직선으로 레일이 달리고 있는 모습은 이 광대한 대지에 대한 작은 도전이고, 인간이 필사적으로 만들어 낸 돌파구이기도 했다.

이 자연과 인간이 서로 원망하고 다투는 장소에 오래 있고 싶지는 않았다.

그런 내 기분을 알았는지 기차는 굉장히 하얀 연기를 뿜어내며 힘 좋게 올라갔다.

마치 이 깨끗한 세계에 빨려 들어가 버리는 것이 두렵기라도 한 것처럼 과장된 기관차의 소리는 주변에 메아리가 되어 침엽수 가지를 흔들어 쌓인 눈을 떨어뜨렸다.

나는 객차의 발판에 훌쩍 올라타 문을 열고 안으로 들어갔다.

객차 안은 별천지였다. 스토브에 불이 활활 타고 있어 봄의 따뜻한 기운이 느껴지는 것 같았다.

단, 여전히 승객은 거의 없었다.

건강한 닭 같은 아주머니와 마른 소 같은 아저씨가 서로 마주 보고 앉아, 끝없이 이어지는 침엽수 숲의 설원을 이렇다 할 이유 없이 그저 바라보고 있었다.

통로를 걸어가자, 차량의 마지막 꼬리 부분의 자리에 금발에 터틀 스웨터를 입고 앉아 있는, 아무래도 북방계로 보이는 청년이 나를 불러 세웠다.

"어이, 고양이 군, 여기 앉지 않겠나? 어디까지 가는 거야?"

"네, 사빈스키까지 갑니다."

"그런데 고양이 군, 자네는 열차표를 갖고 있지 않은 것 같군?"

그는 짓궂게 웃었다.

"네, 잘 아시는군요" 하고 나는 조금 멈칫했다.

"실은 나도 열차표가 없다네, 동지"라며 그는 다시 웃었다.

"그렇습니까, 그런데 어디까지 가십니까?"라고 나도 물었다.

"이 철도가 끝나는 곳까지…… 북극해로 연결된 항구
까지 가네."

"이 기차가 그렇게 멀리까지 간단 말입니까?"

"그래, 이 대지의 북쪽 해안까지 간다네. 나는 거기서
부터 쇄빙선을 탈걸세."

"앗, 그럼 배를 타시는군요?"

"응, 난 이등항해사야."

"북극해는 아름다운가요?"

"말로는 표현할 수 없을 정도로 아름답지. 조금이라도
얼음이 엷게 언 곳을 찾아 항로를 개척해 나가야지. 온통
두꺼운 얼음으로 뒤덮인 바다에 가느다란 통로를 만들어
가는 거지.

배 뒤에는 막 부서진 얼음 파편들이 깊고 무겁고 푸른
수면 위로 떠올라 이 큰 얼음덩어리 아래에 이렇게 깊은
푸른색이 숨겨져 있었나 생각하면 정신이 아득해지는 걸
느끼지."

나는 그의 이야기를 들으면서 머릿속으로 깊고 푸른 항
로와, 그 해수를 비추는 파랗고 투명한 거대한 얼음 덩어

리의 행렬이 배 뒤로 구름처럼 한가로이 둥둥 떠 있는 것
을 상상하고 있었다. 그것은 끝없는 얼음의 평원에 만들어
진 한없이 아름다운 단 하나의 운하인 듯했다.

"하지만, 하룻밤만 지나면 얼음은 다시 얼어붙어 버리
지. 때로는 상상을 초월한 한기 속에서 쇄빙선조차 꼼짝
못하게 갇혀 버리곤 하지."

"그런 때는 어떻게 하면 되나요?"

"아무 방도가 없어. 얼음이 녹기를 그냥 기다릴 뿐이야.

하지만, 아무리 기다려도 안 될 때는 결국 배를 버리고
개썰매로 근처 해안까지 달리는 거지. 그래서 어딘가 낯
선 마을로 돌아가는 거야."

기차의 기분 좋은 진동 속에서, 북쪽 얼음바다의 이야
기는 끊일 줄 모르고 계속되었다.

나도 이 선로가 다하는 곳까지 따라가 얼음바다를 보고
싶다는 욕구에 사로잡혔지만, 그 고독한 엄격함에는 아
무래도 견뎌낼 수 없을 것 같고, 쇄빙선에는 개썰매를 끄
는 시베리아견도 타고 있다는 말을 듣고는 갑자기 갈 마
음이 사라져 버렸다.

개는 어떤 상황에서도 현실적인 생물이라고 곰곰이 생각해 본 적이 있다. 개의 시선은 결코 먼 곳을 보려고는 하지 않는다. 자기 주변에 있는 주인의 신변과, 고작해야 이웃 뜰이나 목장의 울타리까지일 것이다.

게다가 만약 먼 곳을 보는 눈을 가지고 있다고 해도 그것이 어떤 대상물을 보려고 한다면 마찬가지이다.

어떤 것도 보려고 하지 않는 눈만이 영원을 볼 수가 있다.

내 상상력은 개썰매에 쫓겨 어느 틈엔가 육지로 상륙해 버렸다.

"아니, 내 이야기 재미있지 않나?
그런데 썰매를 끄는 개는 정말 일을 잘해."
"일한다구요, 인간을 위해서 말입니까?"
"그렇지."
"자신을 위해서가 아니구요?"
"그렇지만, 아주 질 좋은 날고기도 주고 귀여워해 준다구.”

“그러시겠죠.”

나는 차갑게 맞장구를 쳤다. 완전히 흥미를 잃어버렸으니까.

“개는 정말 현실적인 동물이죠.”
라고 내가 갑자기 말하자, 그는,

“그건, 개를 기르는 인간이 현실적이니까 그렇지”라고 대답했다.

“그래요? 그래서 현실적인 동물이란 말이군요.”

나는 스스로도 내가 집요하구나 하고 생각하면서 반복했다.

“그렇다면 인간이 돌보지 않는 개는, 그러니까 야생 개 같은 녀석들은 현실적이 아니라는 말이 되는데 그것들은 오래 살아갈 수 없겠군요.”

“현실적이라는 것은 먹고살 수 있느냐, 없느냐와 같은 그런 차원의 이야기가 아니라네. 마을에는 반드시 한두 마리, 정처 없이 휘청휘청하며 걷고 있는 개가 있어. 때때로 사람에게 꼬리를 흔들기도 하지만 ‘저거다’ 하고 알아차렸을 때는 이미 없어져 버리는 녀석이지.

그런 놈들은 좋아해. 현실적인 눈을 갖고 있지 않으니
까.”

이번에는 상대 쪽에서 내 이야기를 듣고 있지 않은 것
같은 기분이 들었다.
인간과 이야기를 하면 결국, 항상 이런 식이었다.
우리들은 어느 쪽이랄 것도 없이 어느샌가 잠자코 밖의
풍경을 멍하니 보고 있었다.

얼어붙은 신호기가 뒤로 날아가며 역이 가까워졌다는
것을 표시하고 있었다. 그 무인역은 훨씬 전에 지나간 것
같다.
지금 보이는 것은 광대한 설원과, 빗자루 같은 가지 끝
에 눈조각을 흩트러뜨린 한 그루의 커다란 낙엽수와, 그
아래에 아까부터 멍하니 서 있는 한 마리의 산까마귀뿐이
었다.

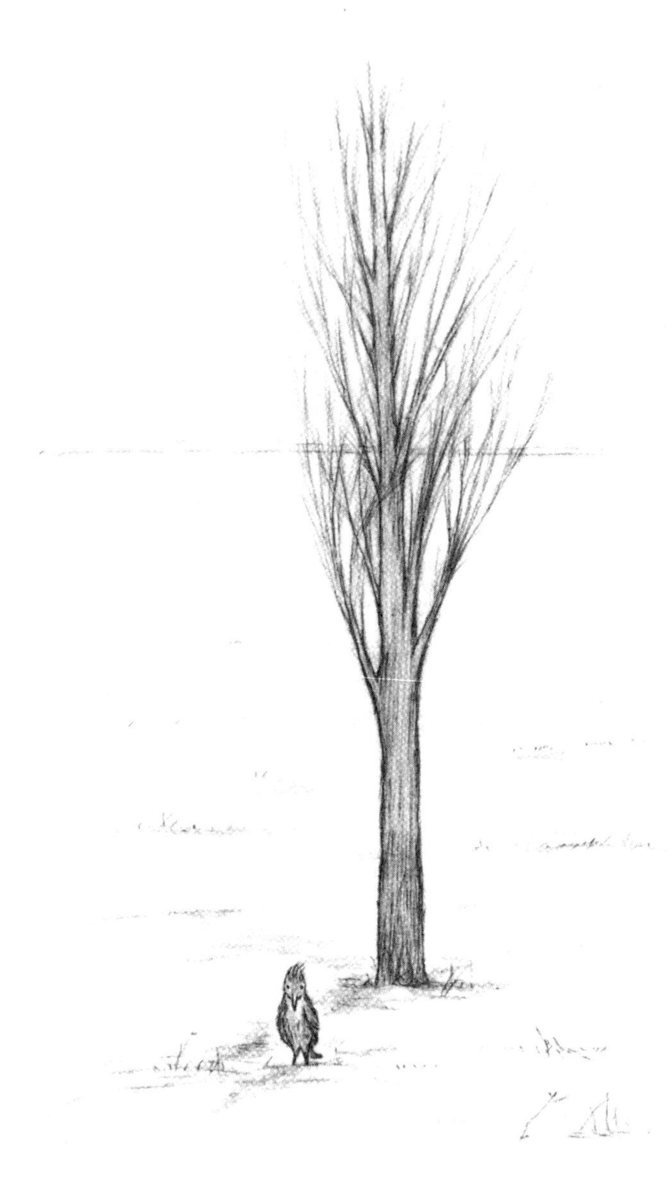

은하의 장식

그로부터 한참 지나서 열차는 사빈스키역에 아무 말 없이 들어갔다.

플랫폼 옆에 마련된 식당 창문 앞에는 세 그루의 자작나무가 눈도 덮이지 않은 채 섬세한 가지를 펼치고 있었다.
옆에 있는 벤치에는 눈이 얇게 쌓여 있어서 반쯤 얼기 시작했다.
식당의 커다란 창문은 모두 성에가 끼어 있어서 안을 들여다볼 수는 없었지만, 밝은 불빛을 내보내고 있었다.

항해사 청년과 헤어지는 인사도 하는 둥 마는 둥하고 플랫폼에 내려서자 아슬아슬하게 미끄러질 것처럼 되었다.
잊고 있던 한기가 온몸을 감싸며 뼛속까지 스며들어 견딜 수 없었다.
그리고 엷고 어둡고 두터운 눈을 덮어쓴 하늘은 이 마

을의 우울한 안내자가 되고 있었다.

　물건 파는 사람의 모습은 하나도 보이지 않았다.

　중앙의 홀에서 식당 문을 아주 조금 열고 안을 들여다보니 가을에 왔을 때 보드카를 혼자 마시고 있던 아저씨가 초절임청어를 포크로 찍어 입으로 가져가고 있었다.

　물론 보드카 한 병도 놓여져 있었다.

　그밖에는 중년으로 보이는 남녀가 파졸스키풍 치킨커틀릿*을 먹거나, 노부부 같은 한 쌍이 소키드니* 마딜라소스*를 먹고 있었다.

　아저씨끼리 마시고 있는 그룹이나, 혼자서 생선 수프와 검은 빵을 먹고 있는 아저씨와, 역시 혼자뿐이지만, 어쩔 수 없이 크고 털이 긴 멍한 개를 데리고, 두꺼운 렌즈의

* 치킨커틀릿……닭가슴살을 두들겨 연하게 쫙 편 다음 소금과 후추로 간을 하고 그 위에 소맥분을 엷게 뿌리고 중앙에 모차렐라 치즈를 얹어 돌돌 만 다음 달걀옷을 입히고 빵가루를 뿌려 튀겨낸 음식.
* 소키드니……소 등심과 콩팥을 깍두기처럼 썰어 소스에 버무린 음식.
* 마딜라소스……키드니를 먹을 때 뿌리는 소스.

안경을 끼고, 달걀이 들어간 전채를 먹고 있는 아저씨가 있었다.

　낡은 모자를 쓰고, 시가를 피우며, 나름대로 나이를 먹은 키가 작은 바이올린 연주자가, 몰다비아 주변의 짚시풍의 곡을 연주하면서 동전을 모으고 있었다.
　담배 연기가 두 갈래로 퍼지고, 보잘것없는 수다를 떠는 소리가 때때로 생각난 듯이 휑한 식당 안에 울려 펴졌다.
　포크나 나이프가 하얀 식기에 부딪치는 소리도, 가끔씩 들려왔다.
　새하얀 천으로 덮인 테이블이 아직 15석 정도 남아 있고, 그들 테이블은 벌써 꽤 오랫동안 사용하지 않은 것 같은 느낌이 들었다.

　나는 꼬리를 달랑달랑 늘어뜨리며 겨우 결심을 하고 안으로 들어가 보드카를 마시고 있는 아저씨 근처의 테이블에 앉았다.
　급사는 어디에도 보이지 않고 만약 있다고 해도 나에게는 눈길도 주지 않을 것은 잘 알고 있었다. 이런 귀 덮개가 달린 모자를 쓰고 식당에 들어오는 것은 조금 예의에 벗어난 것이기 때문이다.

한숨 돌리고 있자니 보드카를 마시던 아저씨와 눈이 마주쳤다. 그러자, 아저씨는 귀찮은 듯한 얼굴을 하고 나를 손으로 불렀다.

어쩔 수 없이 테이블로 가자, 초절임청어가 두 조각 남겨진 그릇을 가리키며 가만히 내 쪽으로 밀어 주었다.

나는 왠지 말을 해서는 안 된다는 기분이 들어 역시 손가락으로 그 그릇을 가리키는 시늉을 하고 다시 나를 가리키는 동작을 해보였다. 아저씨는 크게 고개를 끄덕이고 아주 조금 빙긋이 미소 짓는 것처럼 보였다.

그리고 나서 손을 안댄 물이 든 컵을 내 쪽으로 내밀었다.

나는 호의에 깊이 감사하면서 청어그릇과 컵을 내 자리로 가져왔다.

돌아보니 아저씨는 또 보드카를 마시기 시작했다.

청어는 굉장히 시큼했다.

미끄러질 것 같은 컵을 간신히 양손으로 잡고 물을 마시고 있으려니 어지간히 나이를 먹은, 아까 그 바이올린 연주자가 와서 사라사테의 〈치고이너바이젠〉의 원곡 같은, 집시풍의 곡*을 연주해 주었다.

아아, 그 곡도 원래는 이렇게 아름다웠구나 하고 나는 조금 놀랐다. 작곡가의 추악한 옷을 벗어던진 소박한 선율은 같은 리듬을 영원히 반복하면서 텅 빈 식당에 쓸쓸한 음의 파도를 퍼뜨려 갔다.

어마어마하게 크고 털이 긴 둔한 개가, 느릿느릿 내 냄새를 맡고 왔기 때문에 나는 기지개를 한 번 켜고 보드카의 아저씨에게 목례를 하고 식당을 슬쩍 빠져나왔다.

역 중앙 홀에서는 상행열차를 기다리고 있는 중년 여성이, 아직 완성되지 않은 머플러의 앞부분을 목에 두른 채로 계속 대바늘뜨기를 하고 있었다. 언제부터 짰는지 한

---

* 집시풍의 곡……동유럽의 집시들이 즐기는 유명한 '금귀걸이'라는 제목의 곡. 집시는 차별어이고 로마라고 표기해야 하지만.

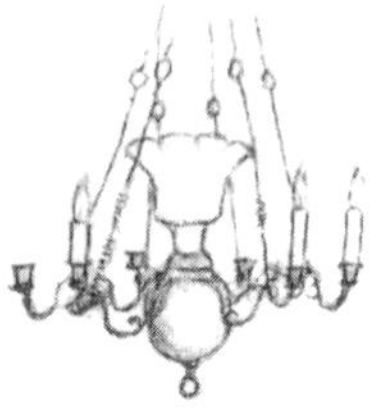

쪽 끝은 이미 바닥에 길게 닿아 있었다.

  역을 나오자 한기는 더 심해지고, 노면은 꽁꽁 얼어붙어 있었다.
  광장을 둘러싼 건물도 각자의 생각대로 얼어, 위축되어 있었다.
  그러나 극장만은 입구에 밝게 불이 켜져 있고, 포스터가 두 장 붙어 있었다. 한 장에는 '오스트로프스키*작, ─눈 아가씨─, 음악, 페테르 일리치 차이코프스키'라고 쓰여 있었다.

  광장의 중앙에서 돌아보니 사빈스키역의 입구에서 뿜어져 나온 수증기는 금세 얼어 안개 같은 가느다란 얼음 입자가 되어 공중으로 흩어지고, 상공에 날아올라, 사빈스키라는 고유명사를 만들어 낸 글자의 하나하나에 달라붙어 딱딱한 얼음조각이 되었다.

* 오스트로프스키……러시아의 유명한 소설가이자 극작가.

광장을 횡단해서 가을의 어느 날엔가 온 적이 있는 방사상의 길 중 하나인 포플러 가로수길로 들어갈 때, 작은 눈조각이 드문드문 어디서부터 어우러졌는지 춤추며 내렸다. 그러나 하늘도 주변도 이상하게 어둡지는 않았다.

그것은 내 마음이 약간 맑게 개어 있었기 때문일지도 모르겠다.

내 마음은 편안하고 발걸음도 가벼웠다.

안타까운 기억도, 지금 이 순간만큼은 어떻게 되어도 상관없었다.

현실은, 그대로 단념으로 쌓여진 벽돌 하나하나로서 마을 여기저기에 오래된 건물로 서서 나타날 뿐이었다.

'그건 그것 자체로 좋아' 라고 나는 납득하고 있었다.

마을에는 크리스마스 준비나 축제를 알리는 어느 것 하나 찾아볼 수 없었다. 그것도 과연 이 마을다운 점이다.

여전히 사람 하나 다니지 않는, 눈이 엷게 쌓인 보도를 나는 미끄러지지 않도록 조심조심 걸음을 재촉했다.

세번째 사각 모퉁이에서 처음으로 서너 명의 사람들을 보았다.

전나무를 파는 사람과 사는 사람이 한 덩어리가 되어 있었다.

누구도 입을 열지 않고 자신의 외투에 푹 파묻혀 순서대로 줄을 서서 아이 키 만한 전나무를 사갔다.

다가가 보니 차양이 달린 모자를 쓴 전나무 파는 아저씨가 이상한 듯이 나를 바라보며,

"고양이한테는 안 팔아."

하고 아래위로 훑어보며 말했다.

그의 상의에는 곳곳에 커다랗게 누덕누덕 기운 자국이 있었다.

조금 전까지의 가벼웠던 기분은 사라지고, 한결 무거워진 눈이, 조용히, 수직낙하를 시작했다.

하늘을 올려다보니, 다양한 모양을 한 결정이 염주를 꿰어 놓은 것처럼 천천히 회전하면서 어두운 하늘로부터, 차례차례로 탄생해 내 눈썹과 귀 덮개가 달린 모자에 춤

추며 내려앉았다.

그 섬세한 아름다움에 시선을 빼앗기고 있으려니, 금세 몇 겹으로 겹쳐 내 털에 달라붙어, 손으로 털어 버리지 않으면 안 되었다.

더 얼마쯤 내리막 느낌의 길을 걸어, 몇 개의 사각모퉁이를 지났을 때, 왼쪽 길에서 언젠가 본 시궁쥐가 걸어오는 것이 보였다.

그도 바로 나를 알아보고 저쪽에서 말을 걸어왔다.

"어이 고양이 어디 가는 거야?"

"응, 어딜 가는 건 아니고 그냥 걷고 있는 거야. 크리스마스 전의 마을은 어떤가 하고……."

"그래 어떤 식으로 변했어?"

"특별히 바뀐 건 없는데. 그냥 아까 사각모퉁이에서 아저씨가 전나무를 팔고 있었어. 그런데 내 얼굴을 보더니 '고양이한테는 안 팔아' 라고, 처음부터 딱 잘라 말했기 때문에 왠지 좀 안타까운 기분이 들었어. 하지만 괜찮아." 라고 대답하자, 그는 갑자기 머뭇머뭇하면서 안고 있던 작은 전나무를 천천히 몸 뒤쪽으로 숨기며 난처한 표정을

지었다.

　나는 쓸데없는 말을 한 것 같은 기분이 들었지만, 솔직히 말하면 그가 전나무를 안고 있는 것은 처음부터 전혀 눈치 채지 못했었다. 그것보다 우연히 시궁쥐를 다시 만난 것에 완전히 정신이 빼앗겨 있었다.

　"그래? 참 쓸쓸하겠구나."

라고 시궁쥐는 한마디 내던지듯 말했다.

　"이 마을은 그렇게 쓸쓸함만 남아 있어."

　말을 덧붙이고 종종걸음으로 마을을 향해 사라져 갔다.

　어쩐지 미안한 듯이 숨기는 것처럼 안고 있던 전나무에는 이미 작고 예쁜 달이나 별이 끈으로 묶여져 있고, 완전히 깜깜해진 어둠 속에서 시궁쥐가 종종걸음으로 걸을 때마다 흔들리면서 아주 조금 반짝 빛나는 것이 보였다.

　더 앞으로 걸어가니, 이따금 교차하는 통로 저편에서, 반짝 흔들리는 은별이나 달이 보였던 것 같은 기분이 들었다.

　하지만 그것은 너무 멀리 떨어져 있었기 때문에 시궁쥐

의 전나무인지 어떤지는 구분할 수가 없었다.

다시 한참을 걸어가니 큰길 반대쪽에서 이쪽을 향해 고개를 숙이고 걸어오는 산까마귀가 보였다.

새까맣기 때문에 거의 알아볼 수 없긴 했지만, 그 활기 없는 모습으로 보아 아마 틀리지는 않을 거라고 생각했다.

다가가 보니 역시 그랬다. 좀 놀란 것은 그 산까마귀도 작은 전나무를 소중하게 들고 있는 것이었다.

나는 때때로 곁눈질로 전나무를 보면서 조금 떨어진 곳을 스치듯 지나갔다.

산까마귀는 이쪽을 한번 쳐다봐 주지도 않고 그냥 자기 발끝만 바라보며 묵묵히 걸어갔다.

그 전나무에도 두세 개의 아주 조그만 별과 달이 달려 있고, 산까마귀가 한 걸음 한 걸음 발을 움직일 때마다 반짝반짝 춤추고 있었다.

그리고 산까마귀 머리 위에는 아주 엷게 눈이 덮여 있었다.

도대체 그는 어디서 전나무를 가져왔을까?

다시 걸어가자 길 끝에서 외투를 잔뜩 껴입은 아주머니가 몇 개의 바구니 안에 은색 종이로 만든 달과 별, 투명하게 들여다보이는 녹색의 셀룰로이드와 금색 종이로 만들어진 종과, 빨간 셀룰로이드와 은색의 두꺼운 종이로 만든 산타클로스 모양의 장식을 팔고 있었다.

손님은 한 명도 없었다.

내가 꼼짝 않고 바라보고 있으니까, 아주머니는 외투 안에서 얼굴을 살짝 내밀고,

"이제 오늘은 그만 돌아가야겠네. 이렇게 추우니 아무도 사러 오지 않을 거야. 아까 산까마귀가 마지막이었어. 너도 뭐 갖고 싶은 게 있니?"라고 말했다.

"네, 너무 예뻐서 보고 있었어요. 하지만 전 돈이 없는걸요."

나는 이 순간에 돈이 없는 것이 정말 슬펐다.

"그러니, 어떤 게 마음에 드니? 그 은별이 갖고 싶니?"

"네, 정말 예쁜 별이네요."

나는 한숨을 쉬었다.

"어째서 너희들은 은종이만 좋아하는지 모르겠다."
라고 중얼중얼 말하면서 아주머니는 은종이의 별과 달,
종과 둥근 장식을 몇 개 집어 종이로 만든 봉지에 넣어
나에게 내밀었다.
"저, 돈이 하나도 없는데요. 그러니까 보는 것만으로도
괜찮아요."
라고 나는 당황해서 말했다.
"괜찮아."
라고 아주머니는 종이 봉지를 내 손에 쥐어 주었다. 그리
고 바구니를 여러 겹 쌓아 커다란 천주머니에 넣자 산타
클로스처럼 등에 짊어지고 의기양양하게 걷기 시작했다.
나는 아주머니의 뒷모습을 향해,
"정말 고맙습니다."
라고 큰 소리로 감사를 표했다.

아주머니는 점점 큰길 속으로 사라져 갔다.

문득 아래를 보니 아주머니가 서 있던 곳에 은색 별이
하나 떨어져 있고 그것이 가로등 빛에 반사되어 하늘에서

막 떨어진 진짜 별처럼 얼어붙은 보도 위에서 빛나고 있었다.

나는 그 소중한 별을 주워 조심스럽게 눈을 털어냈다.

아주머니가 덤으로 남기고 간 그 별도 봉지에 함께 넣고 안을 들여다보니 달이랑 별이 짤그랑짤그랑 서로 부딪치며 소리를 내고 있었다.

뜻밖에 너무 예쁜 장식을 손에 넣은 나는 갑자기 또 전나무가 갖고 싶어졌다.

하지만 그 전나무 장사한테 살 돈도 없었고, 물론 있다고 해도 사고 싶지 않았다.

그런 것을 생각하고 있자니, 시궁쥐나 산까마귀가 조금 부러워졌다.

전나무와, 예쁘고 작은 장식이 만들어 내는 공간을 가질 수 있다면 행복할 것 같았다.

하지만 누구나 그런 공간을 점유할 수 있는 것은 아니다.

예를 들면 나도 지금은 정처 없이 이 슬픈 마을을 걷고 있을 뿐이니까⋯⋯.

그들이 돌아갈 곳에서는 따뜻한 축제 준비를 할 수 있을까.

길은 갑자기 좁아져서 양쪽 건물이 입체파의 그림같이 무너져 오는 압박을 느꼈다.

나는 이제 더 이상 걸어갈 마음이 없어져 다음 모퉁이를 왼쪽으로 구부러져 깜깜한 길로 들어갔다.

길은 생각보다 꼬불꼬불 구부러져 있고 양쪽 건물의 창은 대부분 말아 올리는 쇠살문으로 되어 있었는데 대부분 닫혀 있고, 나머지는 희미한 불이 켜져 있었다.

한참 걸어가자 막다른 골목 같은 곳이 나타났다.

나는 다시 왼쪽으로 구부러지면 역으로 돌아가는 방향일 거라고 짐작을 하고 구부러지려고 하는데, 골목길 오른쪽 안에 있는 낮은 건물의 계단 옆 반지하 방 창문에서 오렌지색의 불빛이 켜지는 것이 눈에 들어왔다.

그 방에는 작은 전나무와, 몇 마리의 시궁쥐 같은 그림자가 만들어졌다.

나는 나도 모르게 창으로 다가가 안을 들여다보니, 아마도 아까 그 시궁쥐일 것 같은 쥐와 몇 마리의 새끼 쥐들이 전나무 주변에 모여 있는 것이 보였다.

더러워져 흐려진 유리창을 빠드득빠드득 문지르자, 모두들 동시에 이쪽을 보았다.

그리고 나를 알아차린 시궁쥐는 일부러 문을 열고 밖으로 나와 주었다.

"아까 그 고양이잖아, 어찌된 거야?"

"응, 때마침 지나던 길에 우연히 보게 됐어."

"그래? 이 마을은 너무 쓸쓸해. 그러니까 빨리 돌아가는 게 좋을 거야."

"그래, 여긴 네 말대로 참 쓸쓸한 곳이야. 그런데 역은 이쪽이니?"

"맞아, 그쪽이야. 그 길을 곧바로 끝까지 가면 역 앞 광장에 도착할 거야."

그렇게 시궁쥐가 말을 마쳤을 때, 길에서 올려다본 좁은 공간 저편에, 갑자기 정적을 깨뜨리고 몇 발의 불꽃이 피어 오르고, 그 섬광이 순간, 이 어두운 한 모퉁이를 구석구석까지 비추어 냈다.

아까의 반지하 방 창에도 빨갛고 노랗고 하얀 빛이 닿아, 창문에 얼굴을 바짝 대고 있던 새끼 쥐들의 눈도 작은 석류석 가루처럼 아름답게 빛나고 있었다.

"저건 실업가인 시트리츠가 있는 곳의 불꽃이야."

계속해서 이번에는 길 반대쪽에서 불꽃이 피어 올랐는데 이것은 한 발로 끝나 버렸다.

"아, 저건 귀족인 오블로모프*의 저택 쪽이군."

시궁쥐는 친절하게 설명해 주었다.

그리고 이 잠깐 동안의 환영 같은 불꽃이 사라지자,

"오늘은 애들이 잔뜩 모여서, 크리스마스 준비를 하고 있어. 모두 고아들이야. 애들이 방을 뒤죽박죽 어질러 놓아서 초대할 수가 없군, 미안해."
라고 미안한 듯이 말했다.

"아니 아니, 괜찮아. 또 언젠가 만날 때가 있겠지. 그때까지 잘 있어."

"그럼 잘 가, 몸조심하라구."

* 오블로모프……소설에 등장하는 귀족으로 침대에서만 보내는
  게으른 귀족의 대명사.

라고 이번에는 종종걸음으로 어둠 속으로 사라져 가는 것
도 하지 않고 언제까지나 문 앞에서 나를 배웅해 주었다.

　이렇게 해서, 크리스마스를 앞에 둔 들뜬 마을을 기대
했던 나는 완전히 기대에 어긋나 버린 채로, 그렇다고 해
서 보통과 달리 실망하는 것도 없이, 가을에 왔을 때보다
슬픔과 안타까움이 한층 격화되어 오로지 귀향길을 재촉
하고 있었다.
　다만, 내가 꼭 쥐고 있는 봉지의 존재나, 시궁쥐와 다시
만난 것, 그리고 그의 집에서 속삭인 겨울의 축제 준비가
살그머니 진행되고 있는 것이 내 마음속에 어렴풋한 따스
함을 가져다주었다. 그리고 해가 완전히 저물어 심해지는
한기 속에서 언제까지나 수직낙하를 반복하고 있던 눈조
각도 정면에서 불어오는 약한 바람을 타고 어느덧 하늘
하늘 몽유병자처럼 떠다니면서, 건물과 건물 사이를 요령
있게 선회하며 아무리 기다려도 지상에는 결코 떨어져 내
리지 않았다.

이렇게 해서, 어찌어찌 역에 도착했을 무렵, 역 앞 광장에는 이미 눈발이 굵어져 눈보라가 되어 갔다.

나는 역 입구의 기둥에 의지하면서 머플러에 얼굴을 파묻고 광장의 하늘을 올려다보았다.

새까만 어둠 속에서 갑자기 몇 개의 불빛에 비춰져 낙하를 시작한 눈의 결정은 차례차례로 나타났다가는 바람에 날려 뿔뿔이 흩어져 갔다.

넋을 잃고 보고 있자니 정말 눈조각이 낙하하고 있는 것인지, 아니면 우주의 별 같은 무수한 눈조각이 정지해 있는 곳에서 내가 공중에 떠다니고 있는지 구분할 수 없게 되었다.

'눈 아가씨'는 벌써 끝났는지 사람들도 드나들지 않고, 극장 입구도 어두웠다.

그냥 포스터만이 근처 가로등의 오렌지색 빛을 받아 선명하고 때때로 강하게 부는 바람에 끝이 말린 부분이 떨리고 있었다.

내가 지나왔던 포플러 가로수 길은 어둠 속에 빨려 들

어가고, 가로등의 어설픈 행렬도 눈보라 속에서 이미 두절되어, 눈으로 더듬어 가는 것은 이미 불가능했다.

역 중앙 홀에 들어서자 그때 그 아주머니가 같은 곳에서 아직도 묵묵히 머플러를 짜고 있었다.

아주머니의 목에는 이중 삼중으로 머플러가 감겨져 있어 정말 따뜻해 보였다.

나는 지금까지는 느끼지 못했지만 내 머플러가 꽤 얇다는 걸 알았다.

식당은 닫혀 있고, 꺼져 가는 전등 아래 식탁보의 흰색과, 목공의자의 검은색이 선명하게 떠올랐다.

나는 어쩔 수 없이 홀 안의 대합실에서 하룻밤을 보내기로 했다.

세련된 투각이 등받이에 장식된 긴 의자에 앉아 있으려니, 오늘 있었던 일들의 단편이 올려다보이는 천장 높이의 벽면 여기저기에 영사되어 그것을 바라보고 있던 나는 더할 나위 없는 만족감과 피로감으로 스르르 잠이 들어 버렸다.

　꿈속에서 그 시궁쥐가 ‘여기는 쓸쓸해’라고 몇 번인가 속삭이고, 산까마귀가 말없이 내 앞을 가로질러 가고, ‘고양이한테는 안 팔아’라고 말했던 전나무 장사는 팔고 남은 전나무를 땔감으로 쓰고 있었다.
　그 불꽃이 차례차례로 낙하를 반복하는 눈조각 사이로 약하게 사라져 갔다.
　트리 장식을 파는 아주머니는 뚜벅뚜벅 걸으면서 커다란 보자기에 뚫린 구멍으로 하나 둘, 은종이로 만든 별이나 달이나 구슬이나, 몰* 같은 장식을 떨어뜨리며 갔다.

　그리고 아주머니가 걸어간 길에는 가늘고 긴 은하가 생겨났다.

* 몰……인도 모골 지방의 특산물.

단편작가

한 시간 정도 늦게 상행열차가 희미한 서광 속을 뚫고 동토의 살벌한 추위로 얼어붙은 대기에 둘러싸여 돌진해 왔다.

나는 그 커다란 기관차가 내는 경적 소리와, 긴 브레이크가 삐걱거리는 소리에 잠에서 깨 플랫폼으로 향했다.

오늘도 역시, 기차에서 내리는 사람은 하나도 없었다. 아니 정확히 말하면 이곳 사빈스키역에서 하차하는 사람은 한 명도 없었다.

고급스런 모피외투를 입은 데다가 두껍고 팽팽 도는 코안경을 끼고, 게다가 지팡이를 꽉 쥔 남자가 정차 시간을 앞질러 가기 위해서인지, 자지 않고 하룻밤 뒤에 고위도 지대의 늦은 아침이라고도 할 수 없는 희미한 빛을 관찰하기 위해서인지, 여하튼 이 추위 속에서 일부러 발판 난간을 붙잡고 플랫폼에 내려섰다.

　세 그루의 자작나무와 창에 비친 식당을 쳐다본 후, 내가 있는 걸 깨닫자, 가까이 와서 약간 미소를 지으며,

　"어이 고양이 군, 짐은 그 종이 봉지뿐인가? 가벼워서 좋겠군. 이 역은 너무 쓸쓸해."

라며 제멋대로 말을 걸어왔다.

　"아뇨, 쓸쓸하지 않아요. 계란 파는 아주머니와 꿀 파는 아주머니, 시궁쥐도 산까마귀도 있는 걸요. 그냥 지금은 시간이 조금 일러서 쓸쓸한 것뿐이라구요."

　"허어, 그런가?"

라고 그는 어쩐지 바보같이 끄덕였다.

　그의 입언저리는 꽁꽁 얼어붙어 있었다.

　"그런데 고양이 군, 그 꽉 쥐고 있는 봉지, 아무래도 젖어서 찢어진 것 같은데. 뭐가 들어 있어?"

　"실례지만, 당신은 경찰서장이나 경관입니까?"

　"아하하하하. 아니, 이것저것 묻기를 좋아하는 것은 내가 형편없는 단편작가이기 때문이야. 나도 모르게 여러 가지 일에 흥미가 생겨 버리기 때문에 실례가 되었다면 미안해. 용서해 줘. 그냥 말야, 고양이가 아니, 고양이 님이 종이 봉지를 꽉 쥐고 있는 것은 별로 본 적이 없어서 그

만 실례를 무릅쓰고 물어본 거야."

"네 그랬군요. 별로 좋은 것은 아니에요. 이 봉지에는 은별하고 달 따위가 들어 있어요."

라고 나도 약간 비아냥거리는 식으로 되받았다.

"아, 그건 정말 아름다운 것들인 것 같은데. 자네는 작은 봉지에 이 우주를 넣어 놓은 거야. 뭐랄까 한 편의 장대한 서사시라구!"

그때, 열차의 얼어붙은 창을 억지로 열고 한 아름다운 여성이,

"안토샤,* 감기 걸리면 안 돼. 빨리 들어와요, 빨리"라고 외쳤다.

"어이쿠 또야? 그래서 고양이 군, 자네는 그 소우주를 어떻게 할 셈인가?"

"그냥 말씀드리자면, 우주는 검은 나사지* 같은 것이고 그리고 은색 달이나 별은 그냥 은색종이일 뿐이에요. 그

* 안토샤……안톤 파블로비치 체호프(1860-1904). 체호프는 이 해 12월, 니스에 체재하고 있었다는 편지가 있는데 사실은 여기 사빈스키에 있었다!? 올가는 여배우. 다음 해 체호프와 결혼.
* 나사지……나사나 지스러기 털실을 원료로 하여 만든 종이.

이상의 것은 아니라구요.”

“결국 고양이 군, 자네는 그것을 자네의 따뜻한 방의 트리에 장식하겠군?”

“아뇨, 고양이한테는 트리를 팔지 않는데요.”

“흠, 그럼 어떻게 할 거지?”

그때 다시 아까 그 여성이 외쳤다.

“안토샤, 안 되요. 더 이상 악화되면 큰일이에요. 모스크바까지는 아직 멀었어. 게다가 얄타까지 갈 것을 생각하면 몸조심해야 한다구, 정말 갈 길이 멀어. 어쨌든 빨리 안으로 들어와 당장.”

그는 적당한 시기를 보다가, ——나에게는 그렇게 보였다——, 콜록콜록 세 번 정도 기침을 하고 조금 괴로운 듯한 표정을 지었다.

“알았어, 올가. 지금 들어갈 테니까 그렇게 큰 소리 내지 말아, 고양이 군이 깜짝 놀라겠어.”

플랫폼에 얼어붙은 깨끗한 얼음에 등불 빛이 반사되어 더욱 강조된 그의 얼굴은 그때문인지 정말 창백했다.

곧이어, 발판을 내딛고 나온 한 신사가,

"안토샤, 부탁이니까 제발 빨리 올라타세요, 자 어서!"
라고 말했다.

"이렇게 추위가 몸속까지 스며들면, 분명 견뎌내지 못
할 겁니다."

사람 좋아 보이는 발판의 그 남자는 이번에는 농담 섞
인 어조로,

" 살아서 돌아가야죠! 바냐 숙부님!"* 하고 외쳤다.

"그만해 둬. 네밀로비치! 이젠 지긋지긋해. 지금 간다
구."

나는 이 사람들의 연극 대사 같은 수다에 약간 소름이 돋
아 재빨리 옆 객차의 발판으로 올라타, 통로로 들어갔다.

다행히 내가 탄 쪽 차량에는 누구 한 사람 없었다. 그래
도 스토브 덕분에 객차는 꽤 훈훈해져 있어서 나는 모자를
벗고 중앙으로 걸어갔다.

그러자, 오른쪽 의자에 뭔가 있는 것 같은 기분을 느꼈

* 1899년 10월 초연한 체호프의 희곡 중의 대사. 네밀로비치 단
첸코는 스타니슬라프스키와 함께 연출을 맡았다.

다.

그래도 내가 신경 쓰지 않고 걸어가자, 거기에는 산까마귀가 멍하니 창 밖으로 빗자루를 거꾸로 매달아 놓은 것 같은 낙엽수림을 쳐다보고 있었다.

나뭇가지와 가지에는 안개얼음이 빽빽이 달려 있어서 완전히 은색 빗자루로 둔갑해 있었다.

산까마귀 옆자리에는 그의 키보다 조금 커 보이는 전나무가 비스듬히 세워져 있고, 작은 은색 별과 달이 정말 두세 개만, 피곤한 듯이 매달려 있었다.

역시 사빈스키에서 멀어져 갔던 산까마귀인지 혹은 이전에 열차에서 스쳐 보았던 광야에 서 있던 그 산까마귀인지 유감스럽게도 잘 구별할 수 없었다.

멀리서 바라본 그들의 공통적인 특징은 그냥 단순히 까맣고 매우 어둡고 우울한 표정이었다는 것뿐이다.

가까이에서 본 산까마귀의 머리카락은 조금 거꾸로 서서 부스스해 보였다.

이렇게 산까마귀와 나를 실은 객차는 그 신파극단처럼

보이는 일행을 실은 객차와 간신히 연결되어——물론, 그 밖에도 몇 칸인가 연결되어 있었지만——어쩔 수 없이 기관차에 이끌려 사빈스키역을 떠나갔다.

한참을 달리며 보았던 광대한 설원에 선 한 그루의 낙엽수 아래에는 역시 산까마귀는 없었다.

나는 문득 돌아보았다.

그는 고개를 숙이고 자고 있는 것 같았다.

열차의 느린 진동에 맞춰 전나무의 별들과 달은 폴카를 추고 있었다.

그는 도대체 어디서 탔을까, 그리고 어디에서 내릴까.

기차는 변함없이 전진하고 있다.

그러나 나와 산까마귀의 차량과 소설가와 그 동료들의 차량과는 확실히 연결되어 있긴 했지만, 전혀 다른 쪽으로 가고 있었다.

마지막으로 열차는 산산이 흩어져 여름의 빛나는 푸른 하늘에 불쑥 나타난 뜬구름처럼 모든 객차들이 소리도 없이 떠 있는 건 아닌가 생각하고 있자니, 눈 아래는 끝도 없이 계속되는 눈 덮인 황량한 땅과 점재한 자작나무의 차가운 고목림이었다. 여름에 드러누운 초록의 초원도, 가을에 근심에 잠겨 노랗게 물든 자작나무의 밑동도, 그것은 원래 우리들이 상상의 힘으로 가까스로 만들어 낸, 꿈의 세계에 지나지 않는다는 생각이 들었다.

　산산이 분열된 열차는 어느 틈엔가 누군가의 명령 아래, 하나로 이어져 얼어붙은 레일 위를 달리고 있었다.
　무턱대고 견인해 가는 선두의 기관차에서 마지막 꼬리의 차량까지, 이 어쩔 도리 없는 하얀 캔버스에 그려진 검고 보잘것없는 일렬종대는 기관사의 변덕스럽고 날카로운 기적 소리와 함께 검은 연기를 주변에 흩뜨리면서 돌진해 갔다.

　멀리 저편에 회색의 침엽수 숲이 몇 겹으로 나타나서는 어느샌가 사라져 버렸다. 그리고 다시 이 어두운 전나무 숲과 자작나무 숲이 뒤섞이는가 싶더니 금세 끝없는 설원으로 바뀌고, 남동쪽 지평선으로 가까스로 얼굴을 내민 태양 빛이 멀리서 무수한 숲을 넘고, 무수한 눈 언덕을 넘어, 있는 힘을 다해 지상 위를 스치듯 뻗어 가면서, 이 차

창으로 펼쳐지는 대설원에 이르렀을 때 나는 문득 눈꺼풀을 닫고 말았다.

그리고 감은 눈꺼풀 안에서도 빛은 여전히 어지러이 춤추고 있었다.

한참 지나 빛의 난무가 끝났을 무렵, 나는 천천히 눈을 떴다.

열차는 무인역에 도착했다.

변함없이 누구 하나 내리는 손님도 타는 손님도 없었다. 역 건물의 나무 벽은 눈이 얼어붙어 그냥 보면 설탕과자로 만든 집 같았다.

이윽고 지평에 바짝 붙어 기어가는 아침 햇살 속에서 나무판의 얼음이 반짝반짝 빛을 내자 역은 작고 귀여운 겨울 궁전으로 다시 태어났다.

무인역을 지나 바로 숲과 숲 사이에 빠끔 열린 창으로부터 한층 더 날카로워진 서광을 한 몸에 받고 서 있는 어린 전나무가 눈에 들어왔다.

나는 저번 가을 여행에서, 밀려드는 풀의 파도가 이는

중심에 이 어린 나무 한 그루가 서 있던 모습을 떠올렸다.

바스락거리는 소리에 정신을 차린 나는 꽉 쥐고 있던 구겨진 종이 봉지를 문득 내려다보았다. 별과 달들은 좁은 봉지 안에서 너저분하게 엉켜서 조금 괴로운 듯이 숨 쉬고 있는 것 같았다.

'그래 이런 나에게도 욜카*의 귀여운 전나무가 저기에 마침 준비되어 있어.'

휑뎅그렁하고 쓸쓸한 설원에서 단 혼자서 꿋꿋이 서 있는 저 어린 전나무에 은달과 별을 걸어 놓는다면 주변의 설원은 일제히 환성을 지르고, 겨울의 태양 빛은 어린 나무의 가느다란 가시 잎 하나하나에 빛을 보내 황금 고리로 감싸 줄 것이 분명했다.

나는 이런 생각에 문득 더할 나위 없이 기뻐져서 비스듬히 뒷자리에 앉은 산까마귀 쪽을 돌아다보았다.

* 욜카……전나무, 크리스마스 트리를 가리키는데 여기서는 음력 12월 20일부터 30일까지 전나무가 장식되는 욜카제를 말함.

그와 동시에 그때까지 쭉 고개를 숙이고 있거나 밖의 풍경을 바라보거나 하면서 얼굴을 한 번도 보여주지 않던 산까마귀가 단호히 내 쪽을 봤기 때문에 서로 눈이 마주쳐 버렸다.

그리고 더 놀란 것은 항상 어둡고 우울한 그림자가 감돌며 날개를 축 늘어뜨리고 걸었던 산까마귀가 밝은 얼굴로 미소 짓고 있었다. 마치 내 생각에 찬성하고 나를 축복이라도 해주는 것처럼.
나는 정말 기분이 좋아져서 역시 생긋 웃음으로 그에게 경의를 표하면서 인사를 보냈다.

다시 창 밖의 내 전나무를 보려고 했을 때는 이미 제멋대로 눈을 뒤집어쓴 침엽수 숲에 가로막혀 그 모습은 없었다.

이렇게 해서 그 후 몇 개의 외로운 역을 지나 완만하게 산마루에 다다를 때까지 나는 쥐고 있던 봉지 입구를 통해 가끔 안을 들여다보고는 달과 별에게 말을 걸었다. 내 머릿속에 갑자기 떠오른 멋진 생각에 대해서.

너희들이 주인공이라고. 너희들에게 가장 어울리는 장소라고. 상상이 현실을 능가하고 환상이 그 높은 꼭대기에, 황제조차 본 적이 없는, 그리고 영원히 가질 수 없을 진짜 왕관을 쓸 수 있다는 것을…….

그리고 별과 달들이 끄덕였을 때, 나는 그들이 넘쳐 떨어지지 않도록 봉지 입구를 잘 쥐고, 산마루 길의 도중에서 지쳐 속력을 내지 못하고 있는 열차의 발판에서 용감하게 뛰어내렸다.

힘차게 착지해, 한쪽 발이 눈 속에 푹 빠져 버린 다음 순간, 나는 눈 속으로 벌러덩 엎어졌다.

설원에 별과 달이 흩어져 한낮의 가장 강한 빛을 받아 모두 빛나고 있었다.

봉지에는 커다란 구멍이 생긴데다가 축축해져 너덜너덜해져 버렸다.

나는 귀 덮개가 달린 모자를 벗어 그 속에 부지런히 그것들을 주워 담았다.

그사이 기차는 헐떡거리면서 우울한 분위기의 산까마

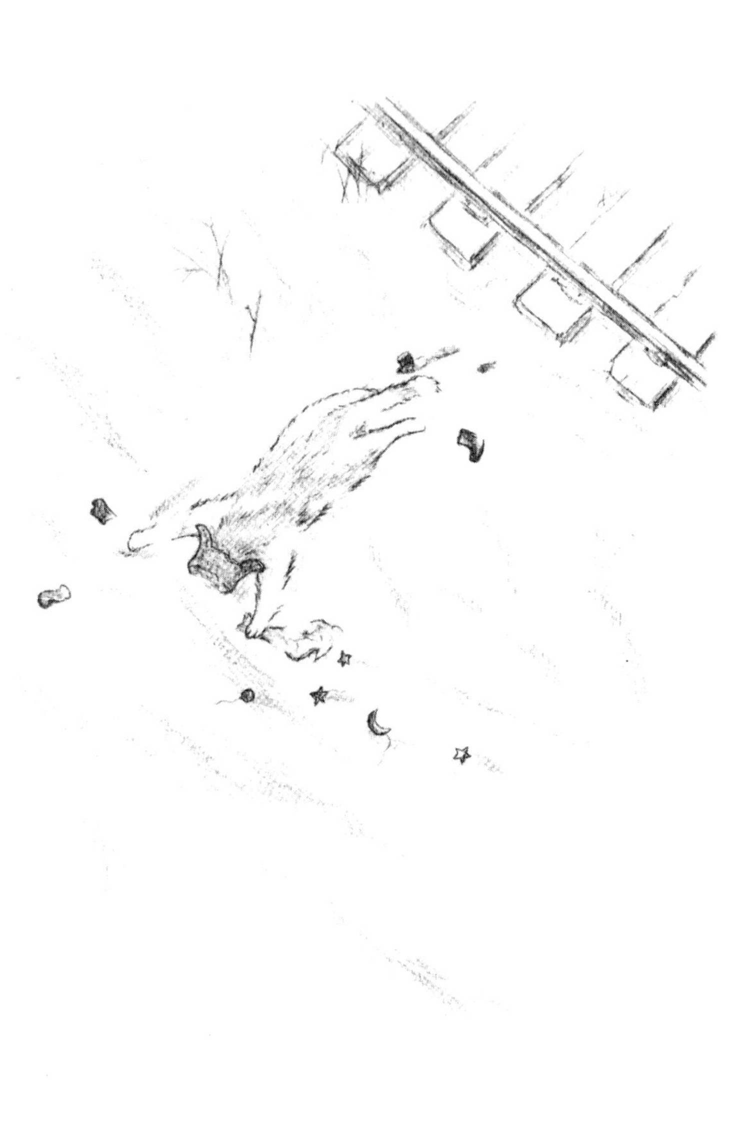

귀와 그의 전나무를 태우고 몸을 좌우로 흔들면서 이곳을 떠나갔다.

이렇게 이번에는 별과 달이 든 모자를 안고 나의 언덕을 올라갔다.

출발했을 때와 달리 기온이 낮아진 탓인지, 눈은 녹지 않았기 때문에 미끄러지지도 않고 쾌적하게 오를 수가 있었다. 단 모자 속의 별과 달이 넘쳐 떨어지지 않도록 주의를 늦추지 않으면서 걸어야만 했기 때문에 매우 긴장했다.

나는 피로에 지쳐 오두막 문을 열었다.

작은 나뭇가지들을 태워 온기가 방을 가득 채웠을 때 모자 안의 달과 별은 눈부시게 빛날 밤에 대비해 완전히 잠에 빠져 있었다.

어느샌가 서리가 끼기 시작한 창문이 나의 의식을 실내로 다정하게 끌어들여 선잠 속에서 어린 전나무가 은색의 달과 별로 장식되어 넓은 설원에 혼자서 서 있는 모양을 꿈꾸었다.

그리고 밤하늘은 그것에 호응하는 것처럼 눈부실 정도로 하늘을 가득 채운 별들로 채워지고 나는 그냥 멍하니 트리 아래에 멈춰 서 있을 뿐이었다.

이상하게도, 그것은 열차의 창문에서 본 그 산까마귀의 모습을 꼭 닮아 있었다.

III. 세번째 여행, 혹은 눈보라 여행

일주일 정도 남은 크리스마스 전날은 아침부터 잔뜩 찌푸린 눈구름으로 덮여 있었지만, 다행히도 바람은 불지 않았다.

나는 그 비밀스런 계획을 실행하기 위해, 이전과 같은 차림으로 단, 은종이의 별과 달과 종은 젖지 않도록 기름종이에 말아서 헝겊 봉지에 넣어 어깨에 메고 오두막을 떠났다.

완전히 요령을 터득한 나는 어떻게든 언덕 아래의 난관을 빠져나가 기차를 기다리고 있을 즈음, 눈발이 날리기 시작했다.

기차가 겨우 모습을 드러냈을 때, 바람도 불어 눈조각

은 강하게 옆으로 날려가고 차갑게 얼어붙은 차바퀴에 차례차례 닿았다가는 부서져 흩어졌다.

내가 발판에 뛰어오르고 한참 있다가 열차는 산마루 아래로 속도를 내면서 침엽수 숲을 힘 있게 뚫고 나갔다.

그사이 날씨는 점점 나빠져 손바닥으로 문지른 창유리를 통해 희미하게 보이는 바깥 경치는 강풍에 소용돌이치는 무수한 눈조각만 날리고 있었다.

그것은 마치 우주의 중심에 위치한 나의 좌표 주변을 무수한 유성이 어지러이 날아가는 것 같기도 했다.

그 무인역에 도착할 때까지의 순간, 나는 무릎 위에 별과 달이 든 헝겊 봉지를 놓고 때때로 서리 낀 창문을 닦아내고는 눈 이외에 아무것도 보이지 않는 공간을 어쩔 수 없이 바라보고 있었다.

그사이 아무것도 보이지 않는 것에 창유리도 완전히 지루해졌는지 객차의 실내를 비추기 시작했지만 그것은 단단한 나무의자만 볼품없이 늘어서 있는 가장 지루한 광경이었다.

그리고 오늘, 산까마귀는 어느 자리에서도 찾아볼 수

없었다.

보통 때라면 크리스마스 동안에는 밤놀이 손님이 우르르 몰려나갈 텐데 이 무렵의 사람들은 교회의 미사도 나가는 것도 없이 제각각 집에 처박혀 문을 굳게 걸어 잠그고 엄숙한 강림 탄생의 때를, 오로지 조용히 숨을 죽이며 기다리고 있을까.

그러고 보니 이상하게도, 그 사빈스키 마을 안에서 나는 교회를 하나도 본 적은 없었다.

그 마을은 어쩌면 두세 명의 인물이 얼굴도 모습도 거의 판별할 수 없을 정도로, 있으나 마나 한 존재처럼 그려진 풍경화 같은 곳인지도 모르겠다.

그들은 마차 인형처럼 차가워진 보도 위에 정지해 움직일 기색도 없이 아무 고통도 없이 화면에 갇혀 있는 것 같았다.

그래도 그 시궁쥐처럼 희미한 움직임도 있긴 했다.

해가 완전히 저문 마을의 골목길 안 반지하 방의 창문에서 오렌지색 빛이 새어 나오면, 고아들의 크리스마스

축제가 열릴 것이다.

그들은 자신들을 위해 찬송가를 부를 것이다.

창에 비친 내 모습은 어느덧 어지러이 날아다니는 5월의 포플러나무 솜털 속을 질주해, 창유리에 달라붙은 눈 결정의 연결은, 하나하나 풀려 그 아름다운 다각형 모양은 차례차례 짧은 생애를 마쳤다.

문득, 창에 산까마귀가 비치는 것 같은 기분이 들어 몇 번인가 돌아다보았지만, 그의 모습은 역시 없었다.

무인역에 도착할 즈음에는 눈보라가 되어 있었다.

강한 바람과 함께 덮쳐오는, 끝이 보이지 않는 얼음 입자가 얼굴에 닿아 따가왔다.

역 건물의 모습조차 때때로 보이지 않는 눈보라 속을 나는 어쨌든 전진했다. 그사이 몇 걸음 앞조차도 볼 수 없게 되었다.

나는 하는 수 없이 멈춰 섰다.

이렇게 심한 눈보라 속이라면 '눈 아가씨'는 그 낭만을 자신의 것으로 할 수 없을지도 모른다.

눈보라는 내 전나무를 애써 숨기고, 나는 봉지를 든 눈
고양이 동상이 되어 버렸다.

몸을 털자 머리 꼭대기에서부터 부츠까지 달라붙은 눈
조각이 떨어지고 직접 닿은 바람이 오히려 털 속까지 들
어와 찌르는 듯한 추위를 느끼게 했다.

내 작은 꿈은 보기 좋게 좌절되었다.

단, 후회와 쓸쓸함은 얼어붙은 추위와, 멈출 생각도 않
는 눈보라 덕분에 전혀 느낄 수조차 없었다.

이렇게 올해의 크리스마스 밤을 나는 귀향열차 속에서
맞이하게 되었다.

밖의 눈보라는 조금도 기세를 꺾을 줄 모르고 여전히 나
무 한 그루조차 볼 수 없었다.

내 무릎 위에는 헝겊 봉지에 든 은색의 별과 달이 자기
들이 갈 곳이 어딘지도 모른 채, 기름종이 속에서 새근새
근 잠들어 있었다.

누구 하나 멈추게 할 수 없는 천체의 의지를 가진 그들
은 항상 지상의 아무것에도 얽매이지 않은 자유 그 자체

였다.

그럼 이 지독한 눈보라 속에서 진짜 별은!?

눈보라가 흩날려 올라간다
별이 하나 떨어졌다
그리고 또 하나*

떨어진 별을 정성껏 주워, 하나하나, 은종이의 별과 달
이 든 봉지에 넣었다.

나는 장대한 밤하늘을 집어삼킨 변변찮은 봉지를 양손
에 꽉 쥐고 있었다.

* 알렉산드르 블로크 〈눈보라에 이끌려〉 중에서(블로크의 시집).

IV. 서랍 속의 별자리

전나무 축제와 신년 축제도 싱겁게 지나갔다.

자신의 전나무를 갖지 못했던 내가 결코 홧김에 그렇게 생각했던 게 아니라 정말 아무 감개도 품지 않고 묵은해와 새해는 교차하고 있었다.

가는 해는 과거의 영광을 작은 옆구리에 품고 후련한 표정으로 가볍게 인사했다.

새로운 해, 그것은 전혀 무표정하고 무뚝뚝함 그 자체였다.

지금 생각하면 그것은 긴장 탓이었을지도 모른다. 처음의 임무에 따르는 젊은 장교처럼. 무언으로 새로운 달력의 첫번째 페이지에 한 달의 숫자를 쭉 써 내려갔다.

그때 그는 처음으로 깨달았다. 1901년, 새로운 세기의 시작을.

여하튼 이렇게 새로운 세기는 막을 열었다. 1,2월의 세찬 추위에도 그럭저럭 내 작은 오두막은 견뎌냈고 얼어붙었던 얼음도 갑자기 기운을 늦추는 기색을 보여주기 시작한 3월은 느릿느릿 지나갔다.

그가 달력의 새로운 페이지에 비스듬한 글자체의 조금 뽐낸 숫자를 적어 넣을 때마다, 나는 달그락거리는 책상 서랍을 열어 조용히 누워 있는, 그 어둡고 쓸쓸하게 가라앉았던 마을의 아주머니한테서 받은 별과 달과 종을 바라보았다.

그리고 다시 삐걱거리는 서랍을 덜커덕덜커덕 소리를 내면서 닫을 때, 그들은 서랍 속에서 다른 별자리를 만들어 내며 달도 별과 별 사이에 잠겨 있었다.

그렇다, 달력의 달이 끝날 때마다 서랍 속의 별과 달은 그 위치를 바꿨다.

그것은 내 탓만은 아니었다. 분명 그 은종이의 별과 달도 밤하늘의 천구에 반짝이는 별처럼 스스로의 의지의 힘으로 몰래 움직이고 있었던 것임에 틀림없다.

부활절이 지나고 이제 남아 있는 눈도 보이지 않게 되었을 때, 나는 크리스마스의 일을 까맣게 잊고 있었다.

5월이 되자 내 언덕의 오두막에서 내다보이는 초원에는 하나 둘씩 엷은 황색이나 푸른색의 꽃이 얼굴을 내밀고 아직 조금 차가운 바람에 떨고 있었다.

하나하나는 정말 서로 멀리 떨어져서 피어 있고, 이 넓디넓은 초원 속을 내 의식은 무한으로 더듬어 갈 수 있었다.

어느 날, 저 먼 큰 강 쪽에서 불어오는 바람을 타고, 솜털이 꿈과 환상의 아름다움으로 가득 차 난무하자 나중에는 기쁨으로 가득 찬 여름에 들어섰다.

누구나 여름을 기다리고 있었고, 차례차례 행복한 듯이 여름에 참가하고 있었다. 여우도 산메추라기도 다람쥐도 왜가리도 내심, 기쁨으로 가득했지만, 모두 매우 수줍음을 타는 녀석들이어서 기쁨을 그대로 표현하는 것은 할 수 없었다.

그냥, 초원의 오솔길에서 스치듯 지나가고 나서 조금 걷

다가 돌아보면 으레 그들도 이쪽을 돌아보는데 그 표정에
는 어떻게도 숨길 수 없는 기쁨이 넘쳐흐르고 있었다.

　시원한 여름밤은 오두막 앞의 초원에서 셀 수 없이 많은
별을 바라보면서 어느 틈엔가 밤을 밝히고 있었다.
　밤하늘 여기저기에서 차례차례 출현하는 유성을 눈으
로 쫓아가니 눈꺼풀에 남은 한 가닥의 잔상이 수를 늘려
가고 사라지지 않는 빛의 흐름의 기억 위에 다시 새로운
빛이 기록되어 갔다.
　이렇게 빛의 잔상의 교차는 내 눈에 새겨져 어느 덧 밤
하늘 전체는 유성으로 가득 채워졌다.

　매일 밤, 매일 밤, 나는 풀숲에서 풍기는 훗훗한 열기와
희미한 꽃 냄새 속에서 지나가는 여름밤의 천막에 둘러싸
여 별과 달을 바라보며 근사한 시간을 독차지했다.
　이 풀의 언덕도 우주도 틀림없이 내 것이었다.
　고개를 젖혀 풀 사이에서 검은 빌로도 같은 천막에 붙은
별을 쳐다보고 있자니 천체는 갑자기 운행을 멈추고 모든
별자리는 스스로의 위치에 영원히 정지해 그냥 깜박임을

반복하고만 있었다.

그것은 마치 하나하나의 별이 핀으로 고정되었거나, 보이지 않는 실에 매달려 있는 것 같았다.

나는 오랜만에 정말 오랜만에 작년 12월, 눈보라에 모습을 감춘 어린 전나무를 떠올렸다.

별자리와 별자리의 경계는 인간이 만들어 낸 밤하늘의 경계선에 지나지 않는다.

전에 카와카마스는 물고기자리라는 얼빠진 별자리는 있지만, 카와카마스 자리가 없는 것을 불평하듯 말했는데 나는 고양이자리가 없어서 오히려 다행이라고 생각했다.

별과 별을 연결해 평면적인 그림을 만들어 보아도 이 우주의 광대함은 무엇으로도 채울 수 없을 것이다.

그 하나하나의 항성은 서로 아무런 관계도 갖지 않고 무의식의 공간에 각각의 장소를 찾아내 그냥 그곳에 있을 뿐이었다.

——점점 속력을 낸 기관차에 이끌리면서 철도선로를 자꾸자꾸 북쪽으로 올라가면, 다시 북극해에 막다른 종

착역이 있는 항구도시에서는 이제 가을바람이 불고 있을 것이다.

바다를 건너온 차가운 바람에 해안의 잡초들은 흔들리고 있었다.

그래도 밀려오는 파도는 뜻밖에도 조용하고, 부서지는 하얀 파도머리도 별로 보이지 않는다.

쓸쓸한 강 입구의 안쪽 물가에 서서 나무 벽이 벗겨지기 시작한 집들의 응달에는 눈을 다친 꾀죄죄한 흰 고양이가 차가운 바람을 피하려고 숨어 있을지도 모른다.

아직 어리고 조금 약해 보이는 털 짧은 개가 꼬리를 마음껏 좌우로 흔들어 보이며 의미도 없이 주변을 뛰어 돌아다니고 있다.

개는 한참 동안 뛰어다닌 후, 곶*의 불쑥 솟은 끝을 향해 달리기 시작했다.

개가 시야에서 사라지자마자 북극이 떠 있는 바다 위에서 어두운 회색의 구름 떼가 다가와 항구 마을을 덮치고 있었다.

* 곶……갑. 호수나 바다로 뾰족하게 나온 땅.

눈이 아프냐고 내가 묻자 나이를 알 수 없는 꾀죄죄한 고양이는,

"전혀"라고 대답했다.

주변은 구름 탓인지 갑자기 조금 어두워졌다.

조금은 보이냐고 내가 묻자,

"대부분"이라고 대답했다.

그리고 계속해서, "빛이 어두운 마을에서는, 보인다고 해도 결국 의미는 없어"라고 말했다.

눈앞을 빗방울이 비스듬히 지나가며 조금씩 응달에 쭈그리고 있는 고양이의 모습을 없애 갔다.

방치된 녹슨 양철 판에 비가 닿아서 슬프고 단조로운 음색을 내기 시작했다.

해안 벽으로 나오자 정박한 배는 한 척도 없고 조용히 다가오는 청백색 해면으로 빗방울이 잇따라 빨려 들어간다.

그 해면 저 멀리, 몇 개의 은색 종이로 된 별과 달이 떠올라, 비를 맞으며 흔들리고 있었는데, 점점 강 입구의 안쪽으로 흘러들어, 곶 앞의 바닷가로 떠밀려 왔다.

나는 그 하나하나를 정중하게 집어 들어 진흙 같은 검은

모래를 털어냈다.

도대체 나는 여태까지 몇 번이나 별과 달을 주워 담은 것일까.——

멀리 희미한 서광이 비치길 기도하면서 냉기에 무의식 중에 떨고 있던 나는 여름이 끝에 가까왔음을 깨달았다.

이번 여름 나는 처음으로 외로움을 느꼈기 때문에 올 겨울에는 그 전나무에 꼭 장식을 하리라고 마음을 먹었다.

별과 달이 흩어져 달아나지 않기를.

이제 주워 담지 않아도 되기를…….

초원의 식물은 아침 이슬에 젖어 있었다.

누워서 쭉 뻗은 손가락 끝이 닿은 월귤나무 잎 사이로 작고 빨간 열매가 벌써 달려 있고, 둥근 물방울 렌즈로 확대되어 보였다.

한참 지나자, 언덕 아래에서 자욱이 낀 아침 안개가 금세 아침 햇빛을 가로막아 주변은 엷은 장밋빛으로 둘러싸였다.

V. 네번째 여행, 혹은 여름 끝의 여행

동결된 순간

다음다음날이 되자, 종일 자욱이 낀 안개는 조금 엷어져 때때로 투명한 빛이 초원으로 비쳐들었다. 나는 서랍에서 자고 있는, 별과 달과 종들을 잘 모아서 자작나무로 엮은 둥근 상자에 옮겨 담고 그것채로 보자기에 살짝 넣었다.

늦여름의 언덕 타기는 즐거웠다. 바위 그늘에 핀 유리 빛을 띤 파란색의 꽃다발이나, 풀과 풀 사이에 숨어 있는 하얀 레이스플라워* 같은 꽃을 관찰하면서 단숨에 내려갔다.

그리고 기분 좋은 미풍을 온몸에 받으면서 자작나무에

의지하여 나뭇잎 사이로 새어 나오는 햇빛에 녹음이 더욱 깊어진 풀의 음영을 바라다보고 있었다.

열차는 상쾌한 바람을 몰고 달려왔다.

나는 마지막 꼬리 부분 발판에 뛰어올라 자작나무 숲의 머리에 가려질 때까지 멀어지는 나의 언덕을 바라보고 있었다. 이 각도에서 보면 그것은 언덕이라기보다 가파른 벼랑이었다.

좌우에 보이는 침엽수 숲도, 자작나무 숲도, 모두가 여름의 마지막 빛을 받아들이며 즐기고 있는 것 같았다.

차례차례 지나가는 줄기와 줄기 사이에서, 가지와 가지 사이에서, 잎과 잎의 틈 사이에서, 반짝반짝 새어 나오는 빛이 내 갈색 털에 닿아, 순간순간, 털끝이 황금색으로 빛나 날아가는 공기에 흔들리고 있었다.

그런 자신의 털들을 바라보면서, 성큼 다가온 가을의, 유럽 낙엽송의 노란 잎이 달린 침 같은 가느다란 잎을 떠

---

* 레이스플라워……미나리과. 흰색의 아주 가느다란 꽃으로 고급스러우며 따뜻한 느낌. 피로한 심신을 풀어 주어 현대에는 향기 요법에 사용되기도 함.

올렸다. 낙엽송의 노란 잎은 자작나무나 사시나무의 노란 잎과 마찬가지로, 내가 좋아하는 것 중의 하나였다.

발판의 출구 쪽 문을 열고 들어가 보니, 떠드는 승객도 없이 드문드문 앉아 있었다.

눈을 감고 고개를 숙이고 있거나, 팔꿈치를 괴고 울적하게 생각에 잠겨 있거나, 이 근사한 여름의 마지막 하루를 즐기고 있는 자는 이상하게도 아무도 없었다.

"이봐, 작년에 그 고양이 군, 이거 무슨 바람이 불었나?"

갑자기, 작년 겨울, 크리스마스 전에 사빈스키로 향하는 열차 안에서 만난 쇄빙선의 젊은 항해사가 말을 걸어 왔다.

"다정한 바람이 부는데요. 이 계절에"라고 나는 대답했다.

"아아 그래. 여름이 끝나는 것 같아 조금 섭섭하지만, 그래도 아직 초원은 화려하게 빛나고 있잖아. 나무들도 이 기분 좋은 대기 속에서 우뚝 서 있군, 자신만만하게."

금발에 새치가 조금 섞여, 일 년도 지나지 않았는데 꽤 나이를 먹은 것처럼 생각되었다. 분명 그 정도로 중요한 일일 것이다.

나는 초원에서 잠깐 졸면서 꿈인지 생시인지 모르게 나타났던 북극 해에 접한 외로운 만과 항구와, 이 세상에서 떠밀려 버린 곳의 모습을 문득 떠올렸다.

"썰매 끄는 개는 잘 있어요?"

나는 쭉 듣고만 있었기 때문에 어쩔 수 없이 한마디 물었다.

"응? 그 개…… 개는 항상 기세 좋게 짖고 있어. 그것뿐이야."

"그래요?"

"고양이 군, 이번엔 어디로 가는 거야? 사빈스키 마을인가. 그곳은 어쩐지 신통치 않은 곳이야. 아참, 언제까지서 있을 거야. 여기 앉아도 돼."
라고 그는 앞자리를 가리켰다.

나는 혼자서 이제 마지막이 되어 버린 빛나는 초원을 보고 있었기 때문에 조금 주저하다가 그래도 하는 수 없이 앉아 있었는데 왠지 자리는 불편했다. 나의 소중한 봉지는 가만히 옆에 놓았다.

"배는 말야, 이제 별로 타고 싶지 않아, ……얼음을 부숴도 부숴도 어느샌가 다시 엉겨 붙어서 묻혀 버린다구.

……그사이 우리는 꼼짝달싹 못하게 돼 버리지. '현재'에 못 박힌 듯 그 자리에 멈춰 버리는 거지. ……스크류를 역회전해서 아직 오랫동안 닫히지 않은 '과거'로 아주 조금 후진하는 것은 할 수 있지만 말야.

……하지만 그사이 그것도 못하게 되고 더 이상 앞으로 나갈 수 없게 되지."

"자, 이 초원이 대빙원이라고 생각해 봐. 이 기차도 지금은 전진하고 있지만, 그사이 전진도 후진도 못하게 된다구.

……벌써 시간은 미래로 나아갈 수도 없고, 그렇다고 과거를 추억할 수도 없어. 그렇다고 현재에 살게 되느냐 하면 그것조차 할 수 없게 되지.

……여기라면 현재는 아직 어느 정도 숨을 쉬고 있어. ……하지만 그 얼음 속에서는 현재조차 호흡을 멈추고 내쉬는 숨은 금세 얼어 버려서 마실 숨이 없어지지.

……굳이 말하자면 순식간에 모든 것이 전세계가 갇혀 버리는 거야."

"만약 그 동결된 한순간이 정말 멋진 순간이라면 그것
은 매우 행운이 아닙니까?"
라고 나는 물었다.

그는 턱을 괸 채로 침묵을 지켰다. 그리고 한참 동안 밖
의 전신주가 뒤로 점점 날아가는 것을 지켜보고 나서,

"인간은 동물과 달라서 지금, 이 순간의, 연속이나 정지
속에 살 만큼, 강한 정신도 의지도 갖고 있지 않지.

……가령 미래는 없어도 돌아갈 과거가 없으면 살아갈
자신을 잃게 돼.

……현재가 있으면 괜찮다고 해도 인간의 현재는 과거
와 미래를 잉태하고 있지. 완벽하게 과거와 미래를 분리
시킨 한순간만으로는 정말 견뎌낼 수 없어."
라고 혼자 중얼거리듯이 천천히 말했다.

"너희들 인간 이외의 동물은 순간의 연속이라도, 결국
과거와 미래가 없는 연속이라도, 살아갈 수 있니?"

"네, 물론, 모두 살아가요. 우리들의 감각이나 자의식은
순간의 연속이나 정지 위에 성립되어 있으니까요."
라고 나는 자신만만하게 대답했다.

"바로 물새가 날아오를 때, 바람을 가르는 날갯짓으로

물결의 꼭대기를 차례차례 깎아 나가는 것처럼 우리들은 현재라는 순간의 높이만큼을 느끼며 살아가는 겁니다.”

“그러면 역사의식은 없는 건가?”

“네, 별로 필요하지 않아요.”

“과거의 유산 위에 쌓아 올려진 미래라는 것도, 아니 그런 건 실은 필요없을지도 모르지만, 찾아올 수 없는 것이 되지.”

“그런 인간들의 유산은 무엇입니까?”

“혹시, 너희들은 뭔가 우리가 상상도 할 수 없는, 어처구니없이 새로운 것을 꾀하거나 생각하거나 하기도 해?”

“아뇨.

……가치라든가 유산 따윈 원래부터 없었습니다. …… 그저 단순한 의식의 연속에 지나지 않는 것이니까요, 우리들 세계는. 거짓말이라고 생각한다면 그저 지금 이 순간에 세계를 가로로 크게 잘라 보세요. 그리고 그 잘린 단면을 잘 보세요. 뭐가 보입니까?

저쪽에서 부는 바람에 옆으로 눕는 풀의 물결이 계속되고, 그 사이에서 하얗거나 파란 꽃잎이 살랑거리고 있어요. 때로는 강한 바람에 조각조각 찢어질 뿐이지만.

그리고 자작나무 잎은 겉과 속을 희끗희끗 보이며 자꾸만 흔들리고 있어요.

힘을 다한 잎은 날려가요, 그 아름다운 황색이 되기 전에.

하얀 나무껍질은 옆에서 닿는 강한 태양 빛에 한층 비춰져, 도처에 검은 줄무늬를 악센트로 남기고 있어요.

열차가 지나가면 레일 옆의 풀은 모두 일제히 같은 방향으로 누워, 아직 짙은 녹색의 가늘고 긴 잎이 레일을 메워 나가요. 열차가 침입한 흔적과 대지에 입혀진 상처 자국을 숨기기 위해서지요.”

갑자기, 전철기(轉轍器)를 밟는 소리가 나고 무인역이 저쪽에서 흐르듯이 다가왔다.

“너희들이 부럽구나.”
“아뇨, 모두 마찬가지에요.”
“고양이 군, 그럼 안녕.”
“잘 가세요.”

별 주머니를 꽉 쥐고 있던 나를 두고 기차는 앞으로 전진해 갔다.

브레이크의 쇠 냄새가 사라지자 나무들의 잎과 가지가 바스락바스락 소리를 내며 나를 맞이해 주었다. 그리고 그 술렁거림은 차례차례 숲 속으로 전달되어 내 의식을 안으로 안으로 불러들였다.

무인역은 그야말로 녹음의 빛이 한창이었다.

가짜 크리스마스

나는 철로 둔덕 위를 걸어 나갔다.

근처에는 밝은 자작나무나 그밖의 낙엽수 숲이 있고 그 안에는 어두운 침엽수 숲이 펼쳐져 있었다.

자작나무 숲보다 한결 높이 튀어나온 전나무 끝은 모두 들바람에 느긋하게 호응하고 있었다. 자작나무 잎은 바람이 빠져나갈 때 일제히 반짝반짝 몸을 나부꼈다.

발 밑의 풀도 조금 느리게 일제히 휘어져 내 털에 다정하게 기대어 주었다.

더 한참 동안 나아가, 자작나무 숲이 끊어진 주변에 초원의 바다가 침엽수 숲 사이에 끼인 작은 강 입구가 되어 내가 서 있는 곳에 도달했을 때, 아득한 초원의 한가운데에 작은 전나무가 혼자 덩그러니 서 있었다.

나는 선로의 둔덕을 내려가 녹음이 짙게 깔린 풀의 바

다로 향했다.

헤치고 들어간 키 큰 풀과 풀 사이에 여름 오후의 서광을 한 몸에 받은 나의 전나무가 보일 듯 말 듯 서 있는 모습은 정말 멋졌다.

그러나 바로 코앞이라고 생각했음에도 불구하고 실제로 거리는 상당했다. 뒤를 돌아다보니 철로의 둔덕은 풀에 묻혀 있었다.

나는 이곳이 완만한 경사면이라는 것을 깨달았다.

옆에까지 와보니 전나무는 내 키보다 아주 조금 높은 정도였다.

나무 주변은 짧은 잔디여서, 발바닥의 감촉은 너무너무 좋았다.

여기서 뒤돌아보니 철로를 숨기듯이 좌우의 숲이 서로 엇갈리게 뻗어 있는 것 외에는 초원이 펼쳐져 있을 뿐이었다.

그리고 곳곳에, 검은 숲의 끝과 초원이 연결되는 접점에는 새하얗게 빛나는 자작나무 줄기가 몇 그루나 보였다.

물론 눈을 잘 뜨고 보면 숲의 앞모습이나 그 안에조차,

자작나무 숲은 쉽게 찾을 수 있었다.

그러나 눈앞의 전나무와 더 앞쪽으로 시선을 돌리자 아아, 뭐라고 표현하면 좋을까!

초원이 차례차례 밀려와서는 빠져나간다. 과연, 이 앞, 대지의 끝까지 초원은 영원히 계속되고 있다!

큰 하늘과의 경계는 하나의 긴 선만으로 충분했다.

오른쪽에서 왼쪽으로, 혹은 왼쪽에서 오른쪽으로, 북쪽에서 남쪽으로, 아니면 남쪽에서 북쪽으로 끝이 가느다란 펜을 단단히 쥐고 벅차오르는 감동을 억누르면서 떨리는 손으로 나는 눈앞의 어쩔 수 없는 펼쳐짐 속에 오로지 하나의 선을 그려 갔다.

이렇게 해서 하늘과 초원의 경계를 다 그린 나는 보자기에서 굴러 나온 은종이의 구슬이나 종이나 별, 달을, 하나하나 정중히 매달았다.

상자를 꺼내자, 아직 몇 갠가 장식물이 남아 있었다. 바람에 날아가지 않도록 소중히 신중하게 묶어 가자, 벌써 매달린 달이 천천히 회전을 시작하거나 구슬은 여기저기

빙빙 돌거나, 좋은 소리를 내지 않고 흔들리고 있었다.

실 묶는 것이 서툰 나는 단단히 잘 묶었다고 생각했는데 어느 틈엔가 풀려 떨어져 있는 것에 실망하면서 주워서는 다시 가지에 매달았다.

그리고 전나무 꼭대기에는 좀 커 보이는 별을 달았다.

악전고투 끝에 간신히 모든 장식을 다 달자, 정말 멋진 트리가 완성되었다.

아주 어두운 녹색의 전나무 잎에 은색의 별과 달들은 매우 잘 어울렸다.

나는 이런 자그맣고 보잘것없는 전나무라도 완전히 우주를 떠안아, 별자리 군단의 우산이 될 수 있다는 것에 감동했다.

작은 전나무 주변을 빙 돌거나, 조금 떨어진 곳에서 다양한 각도에서 몇 번이나 바라보아도 싫증나지 않았다.

그사이 서쪽 지평선이 일몰의 붉은 기미를 잃고, 깊고

짙은 감색의 하늘 전체와, 이제 색을 잃어버린 숲과 대지의 희미한 기복을, 땅 끝의 강이 한 줄의 금색 선으로 나뉘자 정말 한순간, 은색의 장식 하나하나가 그 금색의 희미한 빛을 받아, 지나가는 여름 저녁 황혼의 순간에 마지막 작별을 고하고 있었다.

그리고 그 마지막 빛도 어느샌가 사라지고 나자 갑자기, 그렇게 갑자기, 오두막의 램프 불빛이 다 타고 없을 때와 같은 깊은 어둠이 찾아왔는가 싶더니 밤하늘 전체에 수를 헤아릴 수 없는 별무리가 출현했다.

내 작은 트리를 중심으로 모든 전우주의 별은 그저 조용히 깜박이고 있었다.

나는 느꼈다. 이때가 바로 과거도 미래도 현재도 더 이상 존재하지 않는 한순간의 때임을.

가느다란 미풍이 내 솜털을 간지럽히고 트리의 종을 흔들었다.

그러나 여기서는 나뭇가지들의 끝이 술렁이는 소리도

풀이 서로 스치는 소리도 나지 않았다.

정렴한 기도의 순간조차도 이미 잃어버리고 일체의 종교적 체험이나 신앙고백, 사상의 표명이나 철학의 심연도 모든 것이 거부되고 거부되는 순수한 절대적 세계였다.

절대적인 세계?——그러고 보니 카와카마스는 여름 소나기에 젖은 등지느러미를 램프 불빛에 비추면서 그의 시론을 언제까지나 펼치고 있었다…….

나는 더 이상 졸음을 참을 수 없어 꾸벅꾸벅 하면서 그가 말하는 절대적 세계라는 말을 수십 번 되뇌이다 나중에는 그의 뻐끔뻐끔하는 입만을 바라보고 있었다.

그때 나는 생각했다. 어떤 아름다운 시나 그림이나 음악보다도, 그리고 카와카마스의 시나——실제, 그의 시는 이곳의 이야기뿐, 매우 진부한 것이었다——시론보다도 이렇게 둘이서 수다를 떨며 '여기에 있는 바로 지금, 이 순간이야말로' 정말 절대적인 것이라고.

나는 부드러운 풀 위에 벌렁 누워 하늘을 우러러보았다.
별과 별은 트리를 중심으로 조금씩 회전을 시작했다.

아래에서 올려다보니 작은 트리는 거대하고 훌륭한 거목 같았다.

그리고 끝의 은종이로 만든 별은 밤하늘의 별 이상으로 빛나는 것처럼 보였다.

어느 틈엔가 어두워져 트리는 어둠 속에 녹아 보이지 않게 되고 기분 좋은, 정말 기분 좋은 졸음 속에서 내 눈꺼풀에 다양한 광경이 떠올랐다가는 사라져 갔다.

사빈스키역의 식당에서 바이올린을 켜고 있던, 나이가 지긋한 남자가, 여기저기 누빈 상의의 깃을 세우고 투덜투덜 중얼거리면서 다시 그 곡을 연주했다.

그리고 그 외롭고 쓸쓸한 집의 시궁쥐와 고아 쥐들이 아예 풀 위에 자리를 잡고 앉아 내 트리를 쳐다보고 있었다.

더 멀리 떨어진 풀숲에 혼자 멍하니 서서 트리를 계속 쳐다보는 산까마귀의 모습도 보였다.

바이올린 켜는 아저씨는 이번에는 "신이여, 나타나 주소서, 우리 눈물을 보시고"라고 읊조리면서 자기 바이올

린으로 반주를 켜면서 한 곡의 아리아*를 연주하기 시작
했다.

나는 이 바이올린 연주자와 눈이 마주쳤을 때, 고개를
옆으로 돌렸다.

그가 읊조리는 것을 그만두었나 했더니 갑자기 내 눈앞
에서 사라지고 덜렁 남은 그의 바이올린이 반주의 선율
만을 연주하고 있었다.

그렇다, 나는 신에게 자비를 구할 필요도 없고 긍휼이
여김을 받은 적도 없다.

우리들에게 죄는 없다.

여기는 긍휼이나 질투나, 증오나, 구제와는 무관한, 이
자연과 우주에 대한 소외와 슬픔을 가진 자만이 지배하는
초원이다.

이렇게 해서 비할 데 없이 아름다운 여름의 마지막 밤은
이 하늘 가득한 별 아래에서 내 트리와 함께 어느덧 깊은

* 아리아……⟨마태수난곡⟩(J. S. 바흐) 중의 47번곡. 알토의 독창
에 바이올린이 협주하는 유명한 곡.

평화의 세계로 이끌려 가고 있었다.

그것은 초원에서의 가짜 크리스마스 밤이었다.

VI. 다섯번째 여행, 혹은 초겨울의 여행

기적

일진의 바람과 함께 초원의 언덕 위에서 짙고 파란 꽃
이 아득한 저편의 큰 강을 향해 일제히 피었다.

그리고 바람은 눈 깜짝할 사이에 차가운 극지에서 불어
와 떨어지는 기단과 합류하여 색 바랜 엷은 하늘색을 띤
꽃잎을 한 장씩 차례차례 흩어지게 했다.

그래도 하나하나의 꽃에는 이미 부드러운 털로 덮인 작
은 씨가 바람에 나부끼면서 다른 고향을 향해 날 때를 기
다리고 있었다.

가을의 엉겅퀴 가시에 찔린 발끝의 작은 상처도 어느새

다 나았지만 이번에는 꼬리 끝이나 손바닥에 새로운 상처를 만들어 버렸다.

하지만 가을의 진짜 날카로운 고통은, 머물러 있는 자가, 이 계절을 영원히 여행하는 자의 텅 빈 생각을 언제까지나 기억에 담아 공유하기 위해 자진해서 낸 마음의 감상적인 상처에서 드러나 있었다.

이 계절을 영원히 여행하는 것? 그것은 어쩌면 카와카마스?

분명 그는 가을이 되면 여느 때보다 진지한 시인이 되어, 내 오두막을 빈번히 드나드는가 싶다가도 어느 때는 갑자기 오랫동안 모습을 보이지 않고, 어딘가를 방황하거나 했다.

하지만 그것은 카와카마스에게만 한정된 것은 아니다.

황금으로 빛날 때도 있지만, 역시 어떻게 할 수도 없이 외로울 때도 있는 이 계절을 사랑하는 사람이 숲에서 숲으로, 초원에서 초원으로 있는 힘을 다해 빠른 걸음으로 도망치는 가을을 쫓아, 방황하여 걷는 모습을 여기저기서 볼 수 있었다.

나는 어떤가 하면, 그런 그들의 등 뒤에서 멀어져 가는 순간순간을 자작나무나 낙엽송의 노란 잎이 춤추는 저쪽에서 언제까지나 멍하니 쳐다보고 있었다.

그렇다, 가을은 이렇게 언제나처럼 허둥지둥 떠나갔다.

이것이 가을의 방식이랄까, 제멋대로의 행동이긴 하지만, 그것은 이 계절이 스스로 붕괴해, 잃어가는 빛나는 시각과 모습을, 한순간도 보고 싶지 않기 때문임에 틀림없다.

그래, 이렇게 올해도 가을은 보기 좋게 떠밀려 갔다.

남겨진 우리들은 초겨울의 초원에 어찌할 바를 모르고 내내 서 있었다.

살을 에는 듯한 저녁의 대기 속에서 곱은 손바닥을 녹이기 위해 나는 가라앉는 태양에 손을 쬐었다.

무한의 지평으로부터 넘실거리듯, 수를 헤아릴 수 없을 정도의 언덕과 숲과 초원을 가로로 가르며 아득히 한줄기의 광선이 내 손바닥에 내려앉았다.

그것은 기적이 아니라, 이 장대한 황혼 가운데에서는 흔한 광경의 하나에 지나지 않았다.

눈의 춤

오랫동안 계속 내린 비에 조금씩 눈이 섞여 며칠 맑은 날이 계속되는가 싶더니 날씨는 다시 끄물거렸다.

아직 쌓이지도 못한 눈이 나풀나풀 춤추는 가운데 나는 다시 북쪽으로 향하는 열차를 타고 무인역으로 향했다.

본격적인 겨울의 도래를 눈앞에 두고 맹렬한 눈보라에 밀려 무참한 실패로 끝났던 작년 크리스마스의 어느 날을 기억해 냈기 때문이었다.

요즘, 나는 다시 한 번, 어린 전나무가 넓은 초원에 혼자 서서 은색의 별과 달들을 바람에 나부끼는 환상적인 모습을 어떻게든 봐두고 싶었다.

그렇게 해두면 가령 올해 크리스마스에 그 나무의 옆에 서 있지 않아도 나는 내 오두막 안에서, 눈보라치는 초원에 의연히 빛나는 고고한 전나무를 상상하며 은근한 자부심과 유열의 세계로 빠져들 수 있을 것이다.

나의 작은 상상력이 그곳에서 은색의 장신구를 몸에 아로새겨 구현화한다.

눈구름은 있는지 없는지 모를 정도로 엷은 안개 같았다.

솜털같이 가벼운 눈의 결정은 서로 연결되려고 하지도 않고, 어디라는 목표도 없이 떠다니고 있었다.

단 열차 근처의 눈은 바람을 가르는 차체가 만들어 낸 작은 소용돌이에 빨려들어 갑자기 미친 듯이 창으로 맞부딪치는가 싶더니 눈 깜짝할 사이에 녹아 버리거나 측면에서 불어 올라오는 강한 바람에 실려, 차례차례로 지붕 위로 날아가기도 했다.

전신주가 어슴푸레하게 춤추는 눈 속을 하나 둘, 날아가자 열차는 서서히 무인역에 가까워졌다.

나는 차창의 차가운 유리에 낮은 코를 딱 붙이면서 초원의 트리가 나타나기만을 기다리고 있었다.

아아, 그것은 언제나 아주 짧은 순간으로밖에 존재하지 않았다.

만약 그때, 눈을 깜박인다면 그것은 영원히 잃어버린 것이 될지도 모른다.

찰나의 순간에 내 전나무는 나타났다 사라져 갔다.

그 순간의 잔상을 나는 눈을 감고 다시 한 번 그려냈다.

작은 전나무와 공중에서 완전히 정지해 있는 무수한 눈 조각을.

그렇다, 확실히 눈은 낙하하지 않고 거기에 머물러 있었다.

그래서 전나무 꼭대기에 빛나는 은색의 별을 아무래도 찾아낼 수 없었다.

이미 내 작은 가슴속에도 눈은 춤추고 있었다.

철로 옆에 혼자 서 있는 신호기를 뒤로 보내고 전철기를 밟는 소리가 나자 열차는 무인역에 힘없이 정차했다.

기관차의 숨소리는 금세 미세한 얼음 입자가 되어 역의 나무 벽에 부딪혔다.

역에 내려섰을 때 나의 가슴속에서는 불안한 눈이 펑펑 내려 선로 위를 걸을 때 그것은 눈보라가 되어 있었다.

ШАХМАТОВО

그래도 진짜 눈은 둥실둥실 변함없이 꿈꾸듯이 떠다니고, 사랑스럽게 바짝 다가오거나, 또 멀어지거나 하면서 나를 위로해 주었다.

완전히 다 말라 버린 초원은 엷은 갈색 풀 사이로 도처에 검은 흙이 노출되어 있었다. 그 중앙, 황량한 넓은 곳 안에서 내 전나무는 머쓱하게 서 있었다.

여전히 눈은 가볍게, 한층 가볍게 춤추고 있었다.

그리고 전나무 꼭대기에는 분명히 별은 없었다.

나는 아주 조금 숨을 멈추면서 아주 조금 두근두근하면서 마른 초원의 완만한 비탈을 올라갔다.

한발 한발 다가가도 전나무에서 은장식은 찾아낼 수 없었다.

그래도 뒤돌아서 보이는 초원의 마른 풀의 겹쳐짐과, 철로를 가린 침엽수 숲과, 잎이 다 떨어진 자작나무 숲, 여기저기에 커다란 덩어리를 만들어 내는 혼합림의 연결은 내 눈앞을 어지럽게 춤추는 눈과 눈의 틈새로 대지에 완전하게 뿌리를 내린 확실한 실재로서 끝없이 커다란 공간을 유지하고 있었다.

이렇게 내 전나무 옆에 앉아 사방을 둘러보니 이상하게
도 마음은 편안해졌다.

눈은 공중을 춤출 뿐 결코 지상에 쌓일 생각은 없는 것
같았다.

어쩌다가 지표 근처까지 하강한 눈조각도 마른 풀 사이
를 누비는 희미한 기류에 떠밀려 다시 즐거운 듯이 춤추
며 올라갔다.

눈의 춤을 보기 위해 나는 마른 풀 위에 누워 뒹굴고 있
었다.

하늘은 온통 작은 눈조각의 우주였다.

그것은 내 전나무를 장식하던 날 저녁에 나타난 우주의
별무리처럼도 보였다.

그리고 내 머리 뒤쪽으로 시선을 옮겨가자 전나무의 작
은 쪽이 나타나고 그 뿌리에 은종이의 달이 실을 휘감고
간신히 대롱대롱 매달려 있었다.

어느 틈엔가 눈은 사라지고 안개가 피어오르기 시작했

다.

기온도 아주 조금 올라가 내 털에 축축한 기운이 전해
져 왔다.

은색 달을 간직한 내 트리를 뒤로 하고 완만한 비탈을
내려갔다.

도중에 풀과 풀 사이에서 바람에 떠밀려 뒹굴며, 비에
젖었을 은종이의 별을 하나 발견했다.

그것을 주워 들고 뒤돌아보니 벌써 전나무는 안개에 잠
겨 어디쯤 있었는지조차 알 수 없게 되어 있었다.

산까마귀 동상

그날, 저녁 어둠이 임박한 시각에 나는 사빈스키역에 내렸다.

원래, 역 플랫폼은 안개비로 부옇게 되어 정말로 지금이 저녁인가 할 정도였다. 그렇지만 가스등에는 이미 불이 켜진 채로 역시 이 안개비 속에 하나 둘 서 있었다.

물건 파는 아주머니 그림자는 한 사람도 보이지 않았다.

저 북쪽으로 이어지는 철로는 반 정도는 안개 속에 잠겨 있고 칸델라*의 황색 불빛 점이 흔들흔들 정처 없이 떠돌고 있었다.

플랫폼에 서 있는 세 그루의 자작나무 줄기와 줄기 사이에서 엷게 얼룩진 식당 창을 바라보니 작년 크리스마스 전쯤 초절임청어를 주었던 아저씨가 보드카를 앞에 놓고 혼

* 칸델라……마차, 현관 등에 매다는 등.

자 마시고 있었다.

가끔 오이피클을 곁들여 입에 넣고 나서 회색의 윗저고리 옷자락에 손을 닦고 있었다.

큼직한 오버코트를 껴입고, 굵은 테의 돋보기를 낀, 또한 아저씨를 안내하던 거대한 사육견이 길고 음울한 털에 휩싸인 상태로 모습을 드러냈다.

그때, 보드카 아저씨는 내 시선을 느꼈는지, 창 너머로 이쪽을 보았다.

나는 무심코 가볍게 인사하자, 아저씨는 내 생각인지는 몰라도 생긋 미소를 보내 주는 것처럼 보였다.

역 대합실에 들어서자 식당 입구에서 한숨과 쉼표뿐인 목이 쉰 바이올린 음색이 새어 나왔다. 그것은 들은 기억이 있는 사단조*의 헝가리언 댄스 같기도 했지만, 역시 내가 모르는 곡이었다.

문득, 여름의 마지막 밤에 초원의 트리 아래에서 그가 바이올린을 연주하면서 어떤 아리아의 일절을 흥얼거리던

* 사단조……장음계의 다조에서 솔에 해당하는 음. G음.

것을 내가 거절한 것을 생각해 냈다.

가령 그것이 내가 꾼 꿈속의 일이었다고 해도 어쩐지 서먹서먹하고, 미안한 기분이 들어, 나는 식당 앞을 그냥 지나쳐 갔다.

그래도, 처량하고 감상적인 바이올린의 음색이 내 귀에 살며시 다가와 언제까지나 귀에 맴도는 그 아리아의 선율과 어색하게 뒤섞이면서 기묘한 즉흥 이중주를 만들어 냈다.

대합실을 보니 추억의 긴 의자가 혼자만의 꿈의 세계에서 새근새근 기분 좋은 듯한 숨소리를 내면서 잠에 빠져 있었다.

중앙 홀의 휑하니 얼어붙은 공간 안에서 붉은 플라토크의 아주머니가 묵묵히 감자에서 뻗어 나온 싹을 잘라내고 있었다. 양동이에는 남은 감자들이 가득히 순서를 기다리고 있었다.

그리고 자작나무로 엮은 커다란 상자에는 서로 위로하면서 달걀이 예쁘게 채워져 있었다.

그것을 보면서 나는 작년 가을의 고골모골의 달콤하고

애틋한 맛을 생각해 내었다.

역 바깥 현관을 나오자 안개비에 젖은 광장의 납작한 돌을 깔아 놓은 곳 하나하나가 가로등 빛에 겨우 떠올라 갔다.

쇠로 된 벤치는 완전히 차가워진 몸으로 지면에 엎드려 있었다.

광장을 빙 둘러싼 시청사나 극장이나 오래된 호텔은 안개에 잠겼다.

단, 나에게 남겨진 희미한 기억의 잔상이 이들 건물의 대략의 윤곽을 오로지 쫓으며, 공허하게 안개비 너머를 덧그리고 있었다.

도대체 어째서 나는 다시 이 마을로 돌아왔을까. 이 덧없는 마을에는 내가 찾아낼 기억의 파편조차 남아 있지 않은 것은 아닐까.

그렇다, 그러니까, 이것은 이제 마지막 방문이 될 것이다.

그렇게 생각하자, 모든 것이 점점 더 애달프게 생각되

었다.

나는 전에 극장 포스터가 붙어 있던 흔적이 남은 돌 벽을 손으로 덧그렸다.

벽면에 코를 가까이대자, 낡은 종이 냄새가 희미하게 남아 있는 것 같은 기분이 들었다.

그리고 이 벽면에 기대어 광장을 향해 내리쏟아지는 안개비를 바라보고 있자니 갑자기, 머리 위에 등불이 켜지고 마치 내가 포스터에 그려진 주인공같이 느껴졌다.

조금 부끄러운 기분도 들어 겸연쩍어하고 있는데 바로 옆 극장 입구에서 시궁쥐가 얼굴을 내밀었다.

"혹시 그때 그 고양이? 왜 여기 서 있어?"
라고 그는 처음 만났을 때와 거의 같은 말을 했다.

"아니, 특별한 의미는 없어. 그냥 좀 포스터가……."

"그래? 포스터가 없어도 연극은 하고 있으니까."

"응, 정말? 그럼, 이 극장은 계속 하고 있었단 말야?"

"그래, 방금, 체호프의 신작이 막 끝났는 걸. 체호프도 보러 왔다구. 조금 재미있었어."

"그래?"

“그래. 하지만 역시 이 마을은 쓸쓸해.”
라고 그는 마지막 결말을 말하고, 사람 눈에 띄지 않도록
광장 구석에 바짝 붙어 종종걸음으로 포플러 가로수 쪽을
향해 구부러져 사라져 갔다.

그러나 아무리 그가 사람 눈에 띄지 않도록 종종걸음으
로 사라져 갔다 해도 내 기억 속에서는 그가 갑자기 부풀
어 올라 이 광장을 메워 버린 풍선처럼, 거대한 시궁쥐로
서 더 이상 어디에도 숨을 수 없게 되었다.

나는 다시 한 번 광장의 어두운 하늘을 쳐다보았다.

안개비는 어둠 속에서 느닷없이 나타났기 때문에 탄생
의 순간을 볼 수는 없었다.

광장을 에워싸듯이 같은 간격으로 서 있는 가로등은 오
렌지색 빛으로 스스로를 따뜻하게 하고 있었다.

그것은 마치, 이 광장을 경건한 기도의 장소로 연출하
는 촛대와 양초 같았다.

그러나 나에게는 기도할 것이 없었다.

그저 지금 여기 이 세계에는 사빈스키역과 광장을 에워
싼 낡은 건물들과, 나와 가로등, 그리고 차가운 안개비만

K. 말레비치풍 * 거대한 시궁쥐.

이 존재한다.

아니, 그러고 보니 뭔가를 잊고 있다.

그렇다, 지금 바로 시궁쥐가 사라진 포플러 가로수 안에서 한 마리의 산까마귀가 여느 때와 마찬가지로 머리를 숙이며 세계의 불경기와 우울을 등에 짊어지고 이 광장에 발을 들여놓으려 하고 있었다.

나는 오늘이야말로 그에게 말을 걸어보아야겠다고 생각했다.

그는 광장에 들어오자, 뜻밖에도 하늘을 올려다보면서 한참 동안 안개비가 떨어지는 모습을 바라보고 있었다.

항상 푸석푸석하던 머리털도, 비에 젖어 차분하게 가라앉아 있었다. 그리고 등의 칙칙한 날갯죽지도 근처 가로등 빛에 반사되어 예쁜 무지갯빛을 띠고 있었다.

내가 말을 걸려고 한 바로 그때, 그는 이쪽을 향했다.

그 얼굴은 매우 온화하고 미소 짓고 있는 것처럼 보였다.

나는 엉겁결에 말을 거는 것을 잊고, 그냥 미소를 되돌려 줄 뿐이었다.

그리고 다음 순간 일어난 일은 쉽게 믿기 어려운 것이

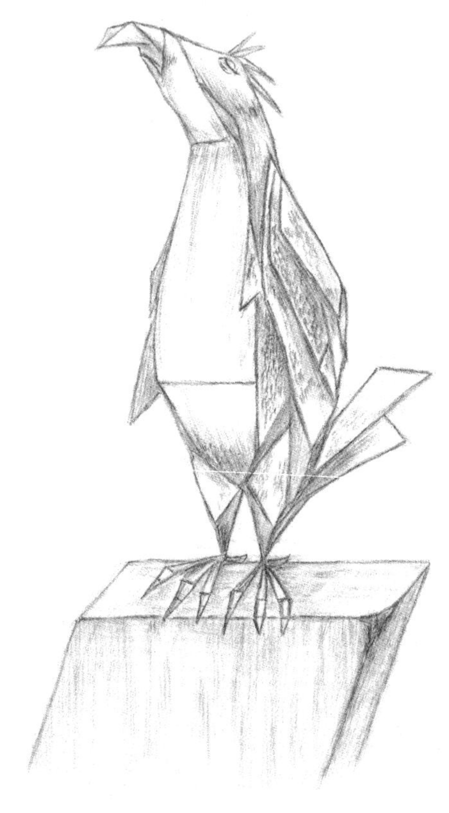

P. 필로노프풍* 산까마귀 상.

었다.

산까마귀는 그 젖은 날개를 펼쳐서 세 번 날갯짓을 하더니 역의 높은 지붕 위에 걸려 있는 사빈스키의 K자 위에 머물렀다.

그 용모는 독수리나 매보다 훨씬 아름답고, 위엄에 가득 차 있었다.

나는 이제는 이 마을을 깊이 이해하고 이 마을에 의해 마음을 가득 채웠다. 이 마을에서 더 이상 무엇을 찾아낼 필요가 있을까.

나는 광장을 일주하고, 산까마귀 동상 바로 아래를 지나면서 역 안으로 돌아갔다.

중앙 대합실에서 되돌아보니, 어느 틈엔가 광장에는 안개비에서 무수한 얼음 입자로 바뀐 눈송이들이 춤추며 내리고 있었다.

* 필로노프/말레비치……러시아 구성주의 미술 작가.

그것은 화려한 크리스털 샹들리에를 가루로 빻은 것처
럼 아름다웠다.

감자 싹을 뜯어내다 금세 꾸벅꾸벅 졸고 있는 아주머니에게 작별 인사를 보내고, 얼어붙은 플랫폼으로 나와 세 그루의 자작나무 옆에서 식당을 바라보았다.

손님은 몇 개의 그룹으로 나뉘고 바이올린 연주는 그칠 줄 모르고 같은 곡을 연주하고 있었다.

그 곡은 짚시의 노래, '금귀걸이' 같았다.

친절한 보드카 아저씨가 맞은편 의자에 기대어 앉아 이전에 만났던 아기고양이에게, 초절임청어를 칼로 잘게 잘라서는 건네 주었다.

아기고양이는 매우 순진하고 행복한 얼굴을 하고 있었다.

열차는 보통 때와 마찬가지로 깊은 한숨을 내쉬면서 달려왔다.

나는 역과 이 마을에 마지막 작별을 고하기 위해, 가슴에 손을 얹고 가볍게 인사했다.

나는 이 연극 같은 동작을 진심으로 연기했다.

그것은 내가 사빈스키와 이 역을, 한없이 사랑하고 있기 때문이었다.

차량이 덜커덕하고 둔하게 앞뒤로 흔들리며 걷는 것보다 느리게 움직이기 시작했다.

나는 발판에 뛰어오르자마자 난간을 붙잡았다. 뒤쪽에 빛나는 사빈스키역은 내리 퍼붓는 얼음비 속에서 몇 개의 오렌지색 등불만을 남기고 어둠에 잠겨 갔다.

내 얼굴에 작은 얼음 입자가 닿아 콧망울이 차가워졌다.

그래도 나는 발판에서 몸을 앞으로 쑥 내밀어 작은 점이 된 역의 불빛을 마지막까지 배웅했다.

그리고 그 마지막 등불은 이때부터 내 망막에 타오르는 오렌지색 점이 되어 사라질 줄 몰랐다.

작가와 두루미

객차에 들어서자, 승객이 드문드문 몇 그룹을 이루고 있었다.

밤의 열차 안에서 비몽사몽 선잠을 자며 형편없는 꿈을 꾸고 있었다.

나는 의자와 의자 사이를 헤치고 앞자리를 찾아 걸어 나갔다.

"이거, 언젠가 봤던 고양이 군 아냐?"라고 그때 만났던 작가 같은 목소리가 뒤에서 나를 불러 세웠다.

"아아, 역시 맞았군, 작년 겨울에 봤던 고양이 군이지?"

"네, 작년의 그 고양이예요."

"음, 괜찮으면 이쪽에 앉지 그래. 이야기 상대가 없어서 너무 심심했었는데. 이 두루미 친구는 별로 떠들고 싶어하지 않는군. 하긴 서로 떠들 것도 없어졌지만 말야."

작가 옆, 결국 창가 쪽 자리에는 몸집이 작은 두루미 한 마리가 앉아 단조롭게 계속되는 황혼을 바라다보고 있었다.

나는 어쩔 수 없이 그들과 마주 앉기로 했다.

앉자마자 그는 생글생글하며 자신만만한 질문을 시작했다.

"나는 말야, 아직도 기억하고 있는데 고양이 군, 너의 그 소우주는 어떻게 됐나? 자네는 트리를 살 수 없었다고 했지. 거기까지는 들었는데. 분명히 기억나. 그래, 은종이로 만든 달과 별은 잘 있나?"

"떨어져 버렸어요. 달 하나만 남고."

"별이 떨어져 버렸단 말인가?"

"네."

"그거 참 안됐군. 하지만 다시 붙이면 되잖아? 그런데 어디에 매달았지? 전나무는 손에 넣은 모양이군. 아니면 뭔가 다른 것에 장식을 했나? 그렇게 실망할 정도의 일은 아니야. 하지만 도대체 어디 달았다는 거지?"

"예, 전나무예요."

나는 초조해 꼬리를 흔들고 싶었지만 엉겁결에 꼬리가 엉덩이에 깔려 움직일 수 없었기 때문에 어쩔 수 없이 끄트머리만 찔끔찔끔 실룩거렸다.

"아아, 전나무를 구했다는 거야. 이거 실례. 그거 잘됐군. 방 안이 갑자기 환하게 밝아진 것 같았겠는데? 참, 아무리 나이가 들어도 크리스마스 전에는 어쩐지 가슴 두근거리며 설레게 되는 모양이야. 나 같은 늙은이도 그 나름대로 기대가 된다네. 그러고 보니 벌써 올해도 크리스마스가 곧 다가오는군. 그런데 실제로 어떻지? 동물의 크리스마스라는 것은 인간의 것과 뭔가 다른 점이 있는 거야?"

"표면적으로는 모두 마찬가지입니다. 그냥 보잘것없지만요. 우리들은 조용하게 축제를 하는 겁니다, 우리들을 위해서요."

나는 앞에 앉은 두루미의 목을 쳐다보았다.

솔직히 말해 나는 두루미의 목은 너무 길다고 생각해 왔다. 결국, ……여하튼, ……두루미는 전체적인 균형이 맞지 않았다.

"그러면 자네들은 교회에는 나가지 않나? 그 크리스마스 예배인가 뭐 그런 거 말야."

"예, 우리에겐 신이 없으니까요."

"오오, 결국 신을 믿지 않는 거로군?"

"그것보다는 믿으려고 해도 원래 신은 존재하지 않으

니까요.”

“그럼 왜 하필 크리스천의 크리스마스 날에 자네들도 축제를 하나? 다른 날이어도 될 텐데 말야.”

“네, 말씀 그대로에요. 그냥 인간의 크리스마스가 로맨틱한 장식을 하기 때문에 그것을 흉내내다 보니 이렇게 되어 버린 거예요. 말씀하신대로, 이 날에 얽매일 필연성은 전혀 없어요. 단순한 타성이죠. 왠지 그건 그것으로 괜찮다는 느낌 같은 거죠.”

“과연……”

두루미의 목을 보는 게 싫증난 나는 두루미와 똑같이 창 너머로 밖을 보려고 했다. 그러나 밖은 칠흑 같은 어둠으로 덮여 있어, 창에 때때로 떠오른 것처럼 닿는 얼음 입자 외에는 아무것도 볼 수 없었다.

두루미는 어둠 속에서 무엇을 보고 있는 것일까.

“그럼 이 화제는 이제 그만 두자구. 자네들 동물의 세계는 흔히들, 본능이라든지 직관 위에 성립되어 있고 반성적 사유는 없다고들 하던데, 그게 정말인가? 어쩌면 그런 직관으로부터 신은 처음부터 존재하고 있지 않다고 느껴

버린 건 아닐까?"

"저, 이렇게 되면 화제가 조금도 바뀌지 않은 것 같군요. 뭐 그래도 상관없지만. 우리에게도 반성적 사유는 있습니다. 당연한 거 아닙니까? 단, 인간보다 직관적 사고에 의지하는 것이 많은 것도 사실입니다.

그런데, 잘 아시리라고 생각합니다만, 본능과 직관은 다릅니다. 본능은 직관의 원초적인 형태이고, 인간에게는 별로 남아 있지 않다고 들었습니다만, 본능이야말로 세계의 본질을, 또 존재의 원인을 찾는 열쇠입니다. 결국 본능 위에 직관은 성립됩니다. 인간들의 철학으로도 비판적 판단력에 직관을 이용하거나 하겠죠. 하지만, 우리들의 본능만큼은 못하죠.

우리들은 보다 본질적으로 이해할 수 있습니다."

"결국, 신은 처음부터 존재하지 않는다는……."

"네 물론이죠."

창에는 이제 얼음 입자도 닿지 않게 되었다. 두루미는 때때로 서리 낀 유리를 날개로 문질러 밖을 보려고 했지만, 별 하나 볼 수가 없었다.

194

“그러나, 만약 본능으로 지배된 나라가 있다고 한다면, 그것은 욕망이나 충동 아래, 공포의 세계에 함몰되어 버리지 않을까?”

“당신들 인간의 세계에서는, 그렇게 될지도 모르죠. 그 전에, 하나 말씀드리자면 본능과 욕망은 다릅니다. 인간은 뭔가 하면 본능과 욕망을 연결 짓고 싶어하죠. 본능이란 원래, 아름답고 안타까운 것입니다. 그리고 직관은 그 본능이 보는 덧없는 환상(vision)입니다.”

“그럼 고양이 군, 자네는 사변적인 것, 즉, 철학과 -콜록- 직관적인 것, 미의 두 세계에서 후자를 -콜록- 선택한 거겠군?”
라고 작가는 몸을 앞으로 내밀어 조금 기침을 하면서 나에게 물었다.

“그 이분법은 좀 이상하군요. 당신들의 철학은 미를 그 최종 목표로 내세운 것이 많지 않습니까? 하지만, 굳이 강하게 그렇게 딱 잘라 말해도 나는 별로 상관없습니다.”

작가는 앞으로 내민 몸을 다시 바로 하고, 의자에 등을 기대고 발을 꼬고 앉았다.

“나도 그 점은 자네와 동감이야. 결국 우리에게 남겨진 것은, ……보잘것없는 미의 전당뿐이니까. 그것도 반쪽으로, 바람이 횡횡 불어 빠져나가는 것 같은 놈이지. 콜록.

고양이 군, 나는 자네가 한 말의 반은 알겠네. 콜록, 콜록. 하지만……나머지 반……세계……미(美)……말이지……결국, 거기서……존재의의가……소설이나 연극은……"

나는 어느덧 이 작가와의 대화에 완전히 싫증이 난 나머지 의식이 멀어져 갔다. 두루미와 작가의 상이 서로 겹쳐져, 작가는 더 야위고 지독히 빈약해 보였다.

다음으로 두루미가 코안경을 끼고, 지팡이를 쥔 모습이 나타났다.

두루미는 여전히 한마디도 하지 않고 밖을 보고 있었다. 그 날개털의 표면은 차가울 것 같았지만, 팔랑팔랑 삐져나온 안쪽은 내 털보다 훨씬 따뜻할 것 같았다.

이런 날개털 속에서 한숨 푹……자고 싶은데…….

분명 열차가 전철기를 넘을 때의 진동으로 눈을 떴을 땐

작가도 두루미도 고개를 푹 숙이고 자고 있었다. 작가의 얼굴은 매우 창백했다.

잠에 빠져 있는 동안에 무인역은 벌써 지나가고, 내 언덕의 기슭에 다다르려고 하고 있었다.

창을 문질러 밖을 보니 별이 몇 개나 나와 있었다.

나는 두루미와 작가를 깨우지 않도록 조용히 작별 인사를 하고, 기차에서 뛰어내렸다.

바깥의 얼어붙은 추위에 놀랐지만, 달이 구석구석까지 비춰 주어 주변은 잘 보였다.

그리하여 달과 별들이 안내하는 대로 따라가면서 언덕을 올라, 초겨울의 마른풀 비탈길로 미끄러지듯이 내려가, 정숙함 속에서 친구를 기다리다 지친 내 오두막에 무사히 도착할 수 있었다.

VII. 카와카마스

봄의 도래

이리하여, 올해도 내 어린 전나무는 크리스마스 장식을 달지 않고——아니, 정확하게는, 달이 아직 하나 달려 있을지도 모르지만——해를 넘겼다.

숲들과 초원의 풀들이 몰래 기도하는 신년의 축제도, 어쩐지 나와는 무관한 것처럼 느껴졌다. 새로운 첫 페이지를 채우는 것조차 귀찮았던 나의 나무 벽은, 언제까지나 12월의 크리스마스의 날들을 기록한 숫자의 대열을 늘어뜨리고 있었다.

겨울의 빛 속에서 어쩐지 고마워하는 봄의 빛이 서로 섞여 주변에 온통 흩어지는 빛의 난무가 초원 아득히 먼 곳으로부터, 물이 불어난 큰 강과 수많은 연못으로 밀어 닥쳤을 때, 봄다워진 빛을 한줄기 등에 업은 카와카마스가, 내 오두막 문을 망설이듯이 두드렸다.

"열려 있어요. 들어오세요."

"아, 그렇군. 이 문은 언제나 세상으로 열려 있었지. 얼음이 조금 녹아서, 마침내 추위도 풀리고 내 긴장도 풀려서 음, 뭐랄까 이렇게, 마음이 가득히 넓어지는 것 같아서, 저, 오랜만에 소풍이라도 나갈까 하고……, 무심결에……"

카와카마스는 문을 활짝 열어젖히고, 그때문에 문입구 쪽에서 언제까지나 서 있은 채로 말하고 있었다.

평화로운 양달이 그의 온몸을 부드럽게 감싸고, 오두막 안으로 들어온 빛은 내 배의 하얀 털을 간지럽혔다.

이렇게 우리들은 정말로 오랜만에 수다를 떨며 즐거운 시간을 보냈다.

카와카마스는 겨울의 두터운 얼음 아래에서 생각한 새로운 철학에 대해, 말할 것도 없는 전개 위에서 극복해야 할 모든 과제와, 다가와야 할 혁명의 시대에 시가 나아가야 할 방향에 대해, 열심히 그의 생각을 펼쳤다.

나는 그것에 대해서는 다른 의견을 주장하지 않고, 우선 듣는 역할로 돌아왔다.

그리고 그 이야기가 겨우 일단락 지어졌을 즈음, 차를 마시면서 사빈스키 마을의 작은 여행에서 잊을 수 없었던 인상을 조금씩 조용히 말해 주었다.

항상 쓸쓸해하던 시궁쥐, 생각지도 않은 때와 장소에 나타나는 산까마귀, 언제나 같은 곡을 연주하던 바이올린 연주자, 항상 감자를 앞에 놓고 쭈그리고 있던 아주머니, 보드카와 초절임청어를 좋아하던 아저씨, 달걀과 꿀을 팔던 아주머니들, 크리스마스 트리에 달 장식을 주었던 아주머니, 금발의 항해사, 질문만 하던 단편소설가와 두루미, 눈이 춤추는 역전 광장, 도중의 무인역, 그리고 기특하게 초원에 서 있던 한 그루의 어린 전나무……

말하면 말할수록, 이야기하면 할수록, 추상의 여행은 언제까지라도, 사빈스키 지선을 달리는 두 줄의 레일 위를 왕복하며 끝날 줄을 몰랐다.

"그랬구나, 얀, 네가 옛날, 사빈스키에 갔던 것은 알고 있었지만, 또 갔었어? 그래, ……전혀 몰랐어. 여하튼 겨울 동안, 나는 얼음 아래에서 카와멘타이와 토론만 하고 있었어, ……그는 필연적인 혁명 후에는, 동물의 왕국이 제일 먼저 도래한다는 것이었어. 그렇지만 나는 그렇게 낙관하고 있지 않으니까.

우리들은 우리들이고, 벌써 해야 할 것은 하고 있어. 나머지는 이제, 아름다운 것을 구하는 것만으로 충분하다고 …… 단, 그것은 현상유지로는 안 돼. 항상 새로운 표현을 추구하지 않으면……, 예를 들면……"

"저, 차 한 잔 더 마실래?"

"아, 그래 부탁해. 그러니까, 예를 들면 완전히 새로운 언어표기를 만들어 낸다든가, 그래, 카와멘타이어, 그거 꽤 괜찮은데, 음운을 넣어서……"

"저, 새로운 언어표기는 좋다고는 생각하지만, 어느 정도 다른 것으로 이해할 수 없으면 의미가 없어. 평이한 말의 연속이라도, 아름답고, 새로운 것은 가능하다고 생각하는데. 무엇보다 새롭지 않으면 안 될 필연성도 없다는 기분마저 들어 요즘에는."

"아, 그래. 반드시 새로운 표현이 아니라도 말야. …… 그냥, 나는 조금씩 다다가고 있어."

"저, 무엇도 시나 철학에 얽매일 필요는 없는 거 아니야? 예를 들면 봐, 넌 물건을 만드는 것을 잘하지 않니? 전에 그 우산은 정말 잘 만들었던데, 완벽했어."

"그런가?"

"막다른 곳까지 왔을 때는 그런 것도, 좀 더 한다면 좋을 거야. 그래도 막힌다면 무엇도 무리하게 스스로 만들어 내지 않아도, '앗, 이것이야말로 뭔가 중요한 것이 나타난 순간이다' 라고 생각한 순간, 거기에 서서 꼼짝 않고 쳐다보고 있는 것만으로도 괜찮지 않니? 그것이 순식간에 지나갔든 긴 세월을 거쳐 천천히 지나갔든, 그것은 같은 것이야. 여하튼 뭔가 잊을 수 없는 것을 보거나 듣거나 만지거나 느끼거나 한 순간이 있다면 이미 영원의 세계로 들어간 거야."

"확실히 그렇게 생각하면, 마음이 넓어져 왠지 편안해져. 하지만 넌 그 중요한 뭔가를 보거나, 듣거나, 만지거나, 느끼는 것만이 아니라, 이번에는 스스로도 만들어 내려고 했구나, 나의 시나 철학과 마찬가지로."

"아아, 전나무를 장식한 거 말야?"

"그래."

"분명히, 내가 할 수 있는 것은 이 정도 뿐이니까. 나는 이 초원에 작은, 어떤 상징을 만들어 내고 싶었을 뿐이야."

"그럼 상징주의군."

"아냐, 그렇게 바로 무슨무슨 주의라는 식으로 분류하거나, 단정 지을 필요는 없어. 그것을 정의해 버린다고 해도, 무엇도 제대로 이해할 수 있는 건 없고, 뭔가를 이룬 것도 아니니까. 그것은 결국 무의미한 학문에 지나지 않아. 아름다움은 행위에 가까운 거라고 생각해. 해석이 아니라."

카와카마스는 가만히 내 이야기를 듣고 있었다. 때때로 등지느러미를 파닥거려 뭔가를 말하려는 듯했다.

"하지만 그 어떤 상징이란, 뭘까?"

카와카마스가 핵심에 이르는 질문을 해왔지만, 그렇게 말한 나도 잘 몰랐다.

"글쎄……어떤 상징이지? 어쨌든, 아까 그 이야기처럼, 아름다운 것이나 작품은 아니라도 '아아, 이 순간이다' 하고, 뭔가 중요한 것이 나타난――물론 상상 속에서라도 괜찮아――순간에, 자신 안에 불어오는 아름다운 바람이 있다면, …… 그 산들바람이 초원의 여기저기에 피어오르고 이어서 소용돌이치고 어떤 중심을 목표로 불어오르는 거야.

거기에 그 어린 나의 전나무가 오롯이 서 있는 거지. 그리고 봄에는 흙의 향기를, 여름에는 풀숲의 훗훗한 열기 속에서 감도는 꽃물의 향기를, 가을에는 황금색 마른풀들의 바스락바스락하는 소리를, 겨울에는 진눈깨비의 난무를, 그 전나무는 보거나 듣거나 느끼기도 하지. 그런 초원의 상징으로서, 나는 은색의 별이나 달을 그 나무에 장식해 주고 싶었어."

"얀, 그것은 어쩌면 자신을 위해서 존재하는 것은 아닐까?"

카와카마스는 날카롭게 지적했다.

오늘 카와카마스는 어쩐지 냉정했다.

"응, 말 그대로야. 하지만, 이미 아까 이야기한대로 훨씬 전의 일이 되어 버렸지만 말야……"

내 배를 간지럽히던 태양 빛은 어느샌가, 테이블의 사모바르에 반사되어 낡아서 거무스름해진 천장의 나뭇결을 비추고, 나는 그 이상한 모양에 넋을 잃고 가끔씩 올려다보던 천장에 이런 모양도 있었다는 것을 지금까지 몰랐던 것이다.

이 현실세계에도 아직 못보고 빠뜨린 것이 가득 있을 것이다. 그리고 어쩌면 죽을 때까지도, 모든 것을 발견해 내는 것은 할 수 없을 것이다. 우리들에게 항상 따라 다니는 슬픔이란 의외로 이런 곳에 근거가 있을지도 모른다.

"아참, 얀, 그렇다면 내가 은달과 별과 구슬들을 만들어 줄게. 뭐, 그런 것은 간단히 만들 수 있으니까, 조금만 기다려."

카와카마스의 얼굴은 자신감에 넘치는 착상으로 빛나
고 있었다.

그리고 이제 그 착상을 실행에 옮기고 싶어 몸이 근질
근질한 것처럼 내가 따라 준 석잔 째의 차도 대충대충 마
시고, 등지느러미를 능숙하게 사용해 팔딱팔딱 튕기듯이
비탈길을 내려갔다.

언덕 저 끝에 빛나는 큰 강 주변은 저녁빛에 물들어서
거기만 벌써 봄이 한창이었다.
아니, 나의 언덕에 펼쳐진 비탈길도 다시 한 번 살펴보
니, 엷은 녹색의 조그마한 새싹들이 하나둘씩 얼굴을 내
밀고 있어서, 나는 봄의 도래를 확신했다.

첫 가을바람

그로부터 카와카마스는 연락을 뚝 끊고 모습을 나타내지 않았다.

나는 문득문득 생각이 나면 책상 서랍을 열었지만, 거기에는 은종이의 별과 달과 종과 구슬 대신, 잉크병이 하나 굴러다니고 있을 뿐이었다.

서랍을 닫으면, 그밖에 아무것도 없는 상자 속에서 훨씬 전에 말라 버린 잉크병은 데굴데굴 소리를 내며 구르거나, 한참 동안 혼자 조용히 한숨을 쉬고 있었다.

봄이 되어 물도 불어나고 저 멀리 큰 강이 하루 종일 빛나는 계절을 맞이해도 나의 오두막을 찾아오는 것은 없었다.

계절은 재빠르게 행동해, 남겨지는 것은 언제나 나와 내 의식이었다.

그래, 나의 의식과 상상력은 항상 저 사빈스키와 초원의 전나무를 연결하는 선로 위를 왔다갔다 하면서 줄기차게 내리는 눈 속에서 자꾸만 얼어붙어 갔다.

침목이나, 선로 옆의 작은 관목 가지 끝에 붙은 얼음 입자 하나하나가, 다름 아닌 내 의식 그 자체였다.

내가 다시 사빈스키 지선을 밟을 수 없다면 그 입자들은 그대로 어느 때는 침목과 침목 사이에 스며들어 동토 속에서 잠들고, 또 어떤 때는 레일 사이의 잡초에 서리의 결정이 되어 빛을 더할 것이다.

열에 눌려 기화한다면 짙은 안개처럼 될 내 의식은 철로와 그 위의 객차들의 연결도 곧 덮어 버려 지상에서 이 지선을 사라지게 할지도 모른다.

여름의 아지랑이 낀 대기에 잠긴 큰 강과, 주변 습지대에 이어지는 초원 위를, 간신히 스며 나온 태양색이 물들이려고 할 때, 나는 창가에 앉아 더러워진 유리창의 잠그개를 떼어내고 활짝 열어젖혔다.

옷을 질질 끌듯이 초원의 비탈길을 피어오르는 아지랑이는 짙은 파랑 초롱꽃이나, 하얗고 애달프게 떨고 있는

카밀레와 프랑스 국화의 군락도 서서히 삼키며 오두막 바로 거기까지 올라온다.

창으로 더욱더 침입해 들어온 짙은 아지랑이는 테이블 위에 이제 막 마시기 시작한 홍차가 든 컵을 덮치고, 사모바르는 우뚝 솟은 대사원의 첨탑처럼 아지랑이 속에서 나타났다 숨었다 한다. 그리고 나무 벽에 걸린 8월의 달력을 제멋대로 떼어내자, 아지랑이는 막 읽기 시작한 책의 첫 페이지를 촉촉이 적시고 내 털 안으로 파고든다. 그 열린 페이지에는 "8월"이라는 제목이 붙은 시가 실려 있었다.

이윽고 갑작스레 다가온 소나기. 창가에 튀기는 빗방울.

그가 간 후에 남겨진 꽃과 질경이는 미동도 하지 않는다.

풀과 잎은 몇 겹으로 겹쳐져 젖은 생쥐 꼴을 하고 서로 웃음을 보내고 있다.

그리고 하나하나가 하품을 하면서 일어설 때, 태양은 벌써 서쪽 지평선에서 길다란 잔광을 여기까지 뻗어 보내면서 잠길 결심을 아직 굳히지 못하고 있다.

그것은 갑자기 찾아왔다.

뭐냐구? 카와카마스가?

아니, 가을바람이었다.

가을바람은 고개를 숙이고 문을 두드린다.

나는 재빨리 문 입구에 서서, 조용히 경첩의 이음새를 살피면서 문을 연다.

발밑에 흘러들어온 스산한 냉기는 상처 난 풀잎을 인정 없이 집어던지며, 내 방에서 따뜻함을 앗아가기 시작했다.

나는 문의 조임쇠가 신경이 쓰여 가만히 있을 수가 없다. 겨울 동안의 지독한 외풍을 오랜만에 떠올렸기 때문이다.

막 물들기 시작한 몇 장의 단풍이 문입구에 흩어져 있어 그것을 쓸어 모으고 있자니, 몇 번이나 같은 방법으로 주워 올린 은색의 별과 달이 생각났다.

그리고 며칠 후에, 다시 가을바람이 한숨을 쉬듯이 문을 두드린 것은 단순한 우연이었을까. 나는 더할 나위 없는 냉기의 방문에 어떻게 된 일인지 갈피를 못 잡으면서 아주 조금 문을 열었다.

발 밑으로 민첩하게 흘러들어온 냉기는 어렴풋이 강 냄
새를 띠고 있었다.

그리고 카와카마스가 마로 엮은 망태를 들고 서 있었
다.

"어쩐지 갑자기 추워져 버렸지? 여름도 다 지나간 것 같
아. 강물도 꽤 차가워졌다구. 저, 이거, 다 됐어."
"응?"
"응, 그, 별과 달 말야."
"정말이니? 차를 금방 끓일 테니까, 어쨌든 어서 안으
로 들어와."
사모바르를 데워 차 준비를 하면서 힐끗힐끗 카와카마
스 쪽을 보자, 그는 커다란 봉지 속에 바스락바스락 가슴
지느러미까지 깊숙이 넣어 소중하게 은색을 한 별과 달과
구슬을 하나씩 하나씩 마루 위에 늘어놓았다.
그사이, 지느러미가 봉지 바닥에 닿지 않게 되어 곤란
한 표정을 짓고 있었는데 결국 봉지를 거꾸로 해서 흔들
자, 남은 장식과 함께 녹슨 철사와 철판의 자른 단면도

216

함께 굴러 나왔다.

"이런이런, 바닥을 어지럽혀서 미안해"라고 말하면서도 그 얼굴은 어딘가 자랑스러웠다. 분명 자기가 만들었을 것이다.

언젠가 빌려 주었던 카와카마스의 고심작인 무거운 우산에 비하면 훨씬 섬세한 작업이었다.

우리들은 뜨거운 차를 마시면서 바닥에 펼쳐져 은색으로 빛나는 우주를 바라보고 있었다.

그것은 저 꽁꽁 얼어붙은 북쪽 해안에 떠올려진 별들도 아니고 내가 눈밭에 굴러 흩뜨려뜨린 달도 아니고, 아주머니의 보자기에서 군데군데 떨어져 있던 은하도 아니고, 쓸쓸하게 초겨울에 트리에서 굴러 떨어진 별하고도 다르게, 따뜻한 내 오두막에서 우리들의 즐거워하는 시선을 한 몸에 받으며 기분 좋게 구르고 있었다.

이것은 이대로 마루 위에 흩뿌려 놓아야 되는 건 아닌가 생각했다.

그러자 카와카마스는,

"하지만, 얀, 그 전나무에 다시 달아봐. 이 별과 달들이 초원 한가운데에서 잠기는 석양이나 달빛으로 빛나는 순간을 상상하면 다시 새로운 시가 떠오를 테니까. 아, 하지만 분명히 얀이 말했듯이 상상하거나 생각하거나 그리거나 해도 그것은 그것일 뿐이지. 그러니까, 역시 무슨 일이 있어도 이것들을 달아야 해. 그렇게 하면 우리들의 사고와 상상력과 꿈과 시가, 현실의 것이 되어 새로이 만들어질 테니까.

얀, 지금 우리는 다시 한 번 새로운 상징주의의 깃발을 세우지 않으면 안 돼. 음, 물론, 인간들이 만들어 낸 상징주의와는 달라……그래, 그건 완전히 다른……. 이 지상의 인간세계로부터 단호히 결별한, 우리들을 위한……"

그러고 나서 카와카마스는 언제나처럼 또 새로운 시론을 펼치기 시작했다.

새 작품을 몇 개나 암독하면서, 언제까지나 말을 계속했다.

그리고 그의 시가 강의 작은 물결 같은 억양으로 흔들거리면서, 나는 차를 홀짝홀짝 마시며 변함없이 바닥에서 때때로 빛나는 별들을 바라보고 있었다.

"저, 이 별들은 은종이로 만든 것 같지 않는데, 그렇다고 진짜 은도 아닌 것 같아. 어떻게 만들었어?"

"아니 진짜 은이야. 섞인 것이긴 하지만, 그것을 얇게 펼친 것을 작은 쇠망치로 두드려서 모양을 만든 거야."

"뭐, 진짜 은이라구! 도대체 어떻게?"

"사도코의 은이야."

"아, 그건 전설에나 나오는 거잖아."

"아냐, 정말이야."

카와카마스에 의하면, 사도코는 바다에서 은을 가라앉힌 것으로 되어 있지만, 강에서 가라앉혔을 때도 있었다고 한다. 그것도 큰 강이라면, 특별히 볼가 강에 한정된 것은 아니었다.

결국, 사도코라는 것은 한 사람의 인물이 아니라, 그렇게 불리는 배로 항해하는 사람들의 총칭인 것이다.

배 타는 사람들이 은화나 은 장식품들을 배의 안전을 기원하며 강에 내던졌다는 것이다. *

"그러니까, 신물이 날 정도로 많이 있다구. 물론 강바닥이지만 흐르다가 가라앉아 괸 곳이지만 말야."

여하튼 카와카마스는 강바닥에서 뭐든 찾아내는 데 명수였기 때문에 나는 그 이야기가 바로 사실이라고 생각했다.

"그래도 만들기는 힘들었을 텐데."

"아냐, 시간 날 때마다 만들었을 뿐이니까. 뭔가를 만드는 것은 정말 즐거운 일이거든. 사실은 더 훨씬 전에 완성한 것 같은데 무엇을 위해 만들었는지 잊어버렸어. 여름 동안, 좀 긴 여행을 했거든. 그래서 돌아왔을 때, 강가에 왜 은별과 달이 있는지 이상하다 했는데 며칠 전에 불어온 올해의 첫 가을바람이 떠올랐어. 그, '고개를 숙이고 문을 두드린다' ……"

* 러시아의 영웅서사시, 빌리누이의 하나. 노브골로드의 용자인 부자 상인 사도코의 배가 대해원에서 더 나아갈 수 없게 된다. 사도코는 바다의 왕에게 순은과, 금과 동의 합금과, 진주를 바친다. 그러나 그래도 바다는 잠잠해지지 않자, 스스로 바다에 뛰어들어 바다의 왕을 거문고로 위로한다. 그 후 잠에서 깬 사도코는 노브골로드를 흐르는 강 연안으로 돌아왔다. F. 길란편 《러시아의 신화》 및 中村喜和 편역 《러시아 영웅이야기》에서. 물론, 전수서사시이므로 다양한 아류가 존재한다.

"아니, ‘망설이듯이 문을 두드린다’ 가 맞지 않니?"
라고 나는 카와카마스를 놀려 보았다.

"아, 그래. ‘망설이는 듯하다’ 는 쪽이 훨씬 좋아"라고
그는 순수하게 수긍했다.

망설이듯이 문을 두드린 것은 항상 카와카마스였고, 가을바람은 아니었는데.

이렇게 이날 밤의 반이 지나가고, 카와카마스는 달빛도 별빛도 없는 비탈을 조심조심 걷는달까 꼬리지느러미를 신중하게 움직여서 천천히 내려갔다.

그 모습은 바로 어둠 속으로 사라져 이미 눈으로 쫓아갈 수 없게 되었다.

대기는 습기를 머금고 있어서 가을비가 내릴 것 같았다.

문을 닫고 바닥에 빛나는 별을 보았다.

모든 별들이 위치를 바꾼 것같이 느껴졌다. 거기에 동조라도 하듯이 종이나 구슬도 마찬가지로 장소를 바꾼 것 같았다.

나는 가만히 별과 달과 종과 구슬들을 하나씩 하나씩

주우면서, 카와카마스가 가져온 망태에 넣었다.

대체 몇 번이나 이렇게 별과 달을 주워담은 것일까!

그리고, 어쩌면 이것이 마지막일지 모른다는 확신을 갖고 그것들을 주워 담았다.

은장식은 저마다 얼굴 모양이 달라서 카와카마스의 고심의 흔적이 엿보였다.

창유리가 덜그럭덜그럭 작은 소리를 내며 밤바람의 방문을 알려 주었다.

그리고 얼룩이 달라붙은 유리 위로 하나둘 빗방울이 흐르고 십자 모양을 한 창살을 타고 어딘가로 흘러갔다.

나는 카와카마스에게 고맙다는 말을 깜박 잊어버린 것을 지금에서야 깨달았다.

아마 내 마음속에서 이 별들은 이제 나만의 것이 아니라, 카와카마스는 물론, 여러 사람들의 생각이나 소원이 담긴,――카와카마스가 몇 번이나 말했던――우리들 세계의 상징 같다는 기분이 들었기 때문인지도 모른다.

다시 창유리가, 덜그럭덜그럭 아까보다 큰 소리를 냈다.

그러나 램프의 불빛은 떨리지도 않고, 말없이 타고 있
을 뿐이었다.

VIII. 마지막 여행, 다시 가을 여행

그리고 한참이 지나, 나는 은별과 달과 장식들을 갖고 가을의 초원으로 나갔다.

그것은 정말,——이것은 내 입버릇이지만——, 정말로 쾌청한 하루였다.

열차에서 내려 이제는 눈감고도 갈 수 있는 그 방향으로 가, 어렵지 않게 그 어린 전나무에 다다를 수 있었다.

다만 어린 전나무는 조금 성장해 있어서 내가 아무리 발꿈치를 곧추세워 보아도 꼭대기에 은별을 달 수가 없을 것 같았다. 고양이니까 기어오르면 된다고 생각할지도 모른지만 덩치가 큰 내가 올라가면 도중에 부러져 버릴 것 같았다.

그때, 나는 무인역에 굴러다니던 나무상자를 생각해 냈

다.

물론 그것을 가지러 무인역으로 갔다가 다시 돌아왔다.

나는 가는 철사로 그것들을 하나하나 정성껏 매달았다.

그리고 나무상자에 올라, 꼭대기에 아주 조금 큰 은별을 역시 철사로 단단히 묶었다.

새파란 하늘 아래 펼쳐진 초원에는 기분 좋은 바람이 불어와서 내가 하나하나 매달아 놓을 때마다 금방 매달린 별과 구슬과 종이 흔들흔들 춤을 추었다.

금세 바람은 은색을 띠고 다시 어딘가로 달려갔다.

그러자 다시 다른 바람이 천천히 불어와 이번에는 은색의 빛을 받아, 주변을 빙빙 돌며 춤추고 있었다.

지평선은 저녁도 아닌데 황금색의 빛을 발하고 있었다.

잘 보니, 그것은 자작나무나 다른 낙엽수들의 노란 잎이었다.

하얀 구름은 지평에 닿을 듯이 떠올라, 내 머리 위까지 점점이 계속되고 있었다.

장식 달기가 끝나고, 곳곳에 녹색이 남아 있는 풀 위에 걸터앉았다.

깊은 만족감과, 아주 조금의 피로와, 형용할 수 없이 넓
디넓은 어디까지든 이어진 기분의 확장 속에서 나는 내 전
나무가 내 것이 아니라고 절실히 실감하고 있었다.

그것은 내 손에서 떨어져 모두의 손으로 건너갔다.
카와카마스나, 시궁쥐와 고아 쥐들, 산까마귀, 보드카
좋아하는 아저씨, 달걀과 벌꿀 파는 아주머니들, 스케이
트를 좋아하는 여우와 토끼, 집시곡을 연주하는 바이올린
연주자, 크리스마스 장식을 파는 아주머니, 식당의 어린
고양이, 항상 감자 싹을 다듬고 있는 아주머니, ……그밖
에도 더,
　……그런, 모든 자들의 손으로 건네어졌다.

바람이 한층 더 차가움을 더한 저녁에 나는 이곳을 떠
났다.
뒤돌아보니, 잠겨 가는 태양 빛을 받으며 꼭대기의 은
별은 한쪽은 황금색으로 다른 한쪽은 은색으로 빛나고 있
었다. ——그것은 대사원의 지붕 꼭대기에 빛나는 십자가
보다 수백 배나 엄숙하고 아름다웠다.

그러나 동시에 그것은 단순한 상징에 지나지 않았다.

나는 가슴에 은밀한 감동을 안고 사빈스키 지선으로 뛰
어올랐다.

제3부
에필로그, 어떤 남자의 회상
1934년

1934년의 8월도 반을 넘긴 어느 날, 나는 사빈스키 지선을 남하하는 객차의 딱딱한 스프링 의자에 몸을 실고, 새파란 하늘과 깊은 숲에 묻힌 대지를 바라보고 있었다. 때때로 얼굴을 내미는 작은 연못이나 호수는 짙은 녹음에 물들어 거기에 비춰진 구름조차 깊은 녹색 안에 잠겨 있었다.

이처럼 맑게 갠 하늘을 보는 것은 참 오랜만이었다.

오래 전에 잠금쇠가 부서져 끈으로 둘둘 동여맨 여행 가방을 베개 삼아 의자 위에 드러눕자, 연이은 숲의 정수리와 창틀에 둘러싸인 하늘이 내 시계의 모든 것이 되었다.

객차 안의 칸막이실은 나름대로 승객들로 채워져 있었지만, 다행히 내가 있는 칸에는 아무도 없었다.

나는 의자 위에서 다리를 꼬고 앉아 있었는데 구두에 묻은 진흙 같은 검은 모래에 신경이 쓰였다. 하루나 지났는데도 점토질의 모래는 마를 기미도 없었다.

어두운 해안선과, 강 입구로 흘러들어온 죽은 듯한 하구를 품고 있는 강, 그 하구로 이어진 바다가 바라다보이는 언덕 경사면의 묘지에, 나는 한 남자를 묻고 왔다.

무덤 파는 인부는,

"이 토지는 어디를 파도, 점토질 모래밖에 나오지 않아요."

라고 투덜거리면서, 매우 힘들게 구멍을 팠다.

그 구멍은 아주 얕았다.

그리고 "더 이상 못 파겠네. 하지만 부활하려면 얕은 게 좋겠구만"이라고 내뱉듯이 말하며 자루가 짧은 삽을 내던졌다.

관 위에 진흙 같은 검은 모래가 뿌려지고, 나는 그 위에 하얀 장미를 한 송이 던졌다.

이 언덕 위에서 솔로베츠 섬*은 바라다보이지 않는다.

* 솔로베츠 섬……러시아의 섬.

태양은 가라앉기를 거부하며 짓궂게 지평을 기고 있었
다.

이 어둠침침하고 무겁고 괴로운 시대를 사는 자들은,
아직 확실한 호흡이 있는데도 불구하고, 하나 둘 매장되
어 갔다. 아니, 그래도 매장된 자들은 행방도 모르게 사라
진 자들에 비하면 운이 좋은 편이었다.

그리고 유라시아의 북쪽 해안은 죽은 자를 위로하는 안
개조차 피어오르지 않았다.

열차는 오네가의 지류*를 건너서, 대침엽수림대(타이
가)로 사라져 가는 지선과 합류했다.

도대체 그 레일 끝에 어떤 생활이 기다리고 있을까.

철도는 끝에서 끝까지, 폭력을 실어 날랐다.

우리들에게 남겨진 길은 분리파교도*들처럼 숲 속 깊
이 나뉘어져 황무지와 연못과 숲 사이를 방황하다 주검이

* 오네가 지류……러시아에 있는 오네가 반도의 지류.
* 분리파교도…17세기 중엽 러시아 정교의 개혁에 반대해서, 그
  때까지의 신앙의 형태를 지킨 사람들. 박해를 피해 숲 속에 숨
  어 지낸 사람도 많이 있었다.

되어 들에 핀 꽃에 다정하게 말을 걸어 주는 것 정도밖에 할 수 없을지도 모른다.

이제 하늘은 어떻게 되어도 상관없을 만큼 활짝 개어 있었다.

드문드문 떠가는 구름조차, 지금의 창틀에는 보이지 않았다.

저, 매장 후에 이런 상쾌한 하루가 도대체 어떻게 올 수 있을까! 우리들은 모든 것을 체념해 버린 것일까.

인생도, 미래도, 혁신도 그리고 아방가르드(전위)조차도.

우리들의 상상력은, 저도 모르는 사이 뚜껑이 닫혀 스튜냄비 속에서 영원히 익어 가는 감자나 비츠 같았다.

그리고 그것을 먹는 놈들만이 추하게 배부르고 살쪄 갔다.

그러나 그들이라 해도 이렇듯 상쾌한 기분으로 지금 내가 바라보고 있는 하늘을 본 적은 없을 것이다. 타인에게 공포를 주는 자들은, 죽을 때까지 그것과 똑같은 공포에 둘러싸여 살아가지 않으면 안 된다.

이상하게도 나는 귀향의 여행 도중에, 절망 후의 묘한 상쾌함의 한가운데 있었다.

"실례지만, 여기 앉아도 될까요?"

머리 뒤에서 칸막이 문이 열리는 소리가 들리고 갑자기 젊은 여성의 낮은 목소리가 들려왔다.

허를 찔린 나는 목 밑에 끼고 있던 손을 풀어 가방을 받침으로 하면서 돌아다보았다.

거기에는 내가 꽤 오래 전에 잃어버렸던 천진난만한 감정이 가죽으로 된 여행 가방을 옆구리에 끼고 서 있었다.

"아, 그러세요"라고, 조금 당황하면서 그녀의 조금 해진 가죽 가방을 받아 들어 앞자리에 놓았다.

그때, 얼마 전 무덤에 던져 넣기 전 희미하게 감돌았던 하얀 장미의 향기가 다시 느껴졌다.

그녀는 "네, 고마워요"라고, 의외로 명랑한 소리로 예의를 갖추고 창가에 앉더니, 바로 팔꿈치를 괴고 창 밖을 바라보기 시작했다.

아주 근사한 침입자에게, 솔직히 나는 조금 허둥대고

있었다.

30대 중반을 넘긴 남자의 마음이 흔들린 이유 중 하나는, 그녀가 이 근처 지방의, 아니 이 나라의 어느 민족과도 어울리지 않는, 지극히 왜소한 소녀 같은 얼굴을 하고 있었기 때문인지도 모른다. 머리카락은 적갈색이고 길었다.

그리고 나는, 아시아적인 친밀함과 중유럽적인 침착함이 섞인 묘한 분위기에 완전히 매료되었다.

여전히 창 밖을 바라보는 그녀의 시선은, 하늘을 보지 않고 숲이나 더 아래쪽의 선로 가에 돋아난 풀의 연속으로 떨어져 갔다.

그리고 아까 그 밝은 목소리와는 정반대로 그녀의 얼굴은 어둡게 가라앉았다.

그녀가 입고 있던 수트도, 역시 약간 어두운 녹색을 띠고 있었기 때문에 그렇게 보였는지도 모르지만.

한 번인가 두 번, 그녀와 눈이 마주친 적은 있었지만, 이런 상황에 서툰 나는 그때마다 팔짱을 끼고 눈을 감았다.

한참 후 눈을 떴다 감았다 하다가 우연히 그녀와 눈이 마주쳐 버렸다.

"오늘은, 정말 날씨가 화창하군요." 나는 어쩔 수 없이 입을 열었다.

"네." 그녀도 할 수 없이 대답했다.

한참 동안 침묵이 흐른 뒤, 갑자기 그녀가 말을 꺼냈다.

"구두에 묻어 있는 모래는 바다에 있던 건가요? 상당히 검은 모래군요."

"아, 네, 오네가 강 입구의 모래예요. 진흙 같은 모래지요. 그래서인지 좀처럼 마르지 않네요."

"그 강 입구 주변에서, 솔로베츠 섬은 보이나요?"

"아뇨, 전혀 안 보여요. 반도의 끄트머리까지 가면 보이겠지만."

"집안의 어느 분이 불행을 당하셨나요?"

그녀는 내 팔을 보며 그렇게 말했다.

나는 상의의 팔에 상중임을 알리는 검은 완장을 차고 있다는 걸 그때서야 깨달았다.

"네, 솔로베츠에서 죽은 숙부의 장례를 마치고 오는 길입니다."

그녀에게는 숨길 필요도 없고, 거짓말을 할 필요도 없었으니까 나는 솔직히 대답했다.

숙부는 분명 생애를 억지로 끝마쳐진 것이다. 나는 숙
부의 슬픈 결말을, 장소를 가리지 않고 큰 소리로 외치고
싶은 심정이었다.

"그랬었나요, 그건……"이라고 말을 마치고 그녀는 다
시 입을 다물어 버렸다.

나는 그녀의 당혹한 얼굴을 보고 싶지 않았기 때문에,

"상상하시는 대로, 숙부는 정치범이었어요. 그것보단
사상범이라고 해야 할지도 모르지만, 뭐 어느 쪽이든 마
찬가지이죠"라고 조금 큰 소리로 덧붙였다.

그녀는 더 당혹스러운 얼굴로,

"이 나라에는 수용소와, 수용소에 들어가는 인간과, 수
용소에 집어넣는 인간밖엔 없군요."
라고 중얼거렸다. 그리고,

"저도 수용소에서 돌아오는 길이거든요. 아! 솔로베츠
는 아니에요. 오네가라는 반도를 사이에 두고 있지만 역
시 북극으로 더 멀리 이어지는 마을의 변두리에 있는 수
용소예요."

"네, 당신이……"

나는 그녀의 고백에 조금 놀랐지만, 이 나라에서는 무

슨 일이 일어나도 그것은 이상한 것이 아니라 지극히 흔한 일인 것이다.

"아뇨, 아버지가 거기 계세요."

그녀는 단호하게 말했다.

"그래요?"

"면회하러 온 거예요. 아직 살아계셨어요."

나는 그녀의 말에 그냥 끄덕일 뿐이었다.

열차의 좌석은 과거를 보는 자와 미래를 보는 자를 딱 둘로 나누어 놓고 있었다.

열차가 왼쪽을 향해 커다란 호를 그리기 시작하자, 수림대를 번쩍이며 스쳐 가는 서광이 그녀의 얼굴과 적갈색의 머리카락에 닿아, 열차의 선두를 바라보던 그녀의 눈은 너무 눈부셔 내 의지와는 상관없이 감기려고 했다.

턱을 괴고 있는 그녀의 옆얼굴 사이로 마지막 칸 차량이 약간 얼굴을 내미는가 싶더니 그것도 바로 모습을 감춰 버렸다.

나는 결코 희망도 없는 미래를 등 뒤로 느끼면서, 심술궂게도, 미래를 향해 돌진해 가는 그녀의 한두 걸음 앞으로 걸어갔다.

"빛이 점점 밝고 강해지는군요. 이 빛 속에 있으면 안심이 돼요."

"그렇군요. 벌써 꽤 남쪽으로 내려왔으니까요."

사실, 열차는 별로 많은 거리를 이동하지 않았다.

그러나 절망적인 대륙의 해안에서 멀어지는 것이 어떤 심리적인 안도감으로 이어져서 모스크바에 도착할 때까지 지나는 레일 위는, 잠깐 동안의 해방감에 잠기는 장소이기도 했다.

"수용소로 향하는 질퍽거리는 산마루의 길 왼쪽은 쓸쓸한 만으로 되어 있고, 항구 근처에서 조금 떨어진 곳에는 폐허가 된 집들이 늘어서 있어요. 아, 하지만 하얀 시트가 널려 있는 걸 보면 누군가 살고 있는 것도 같아요. 그 집 응달에 눈이 다친 것 같은 하얀 고양이가 있었어요. 어루만져 주니까 기분 좋게 기대어 있더니 한참이 지나자, 조금 기지개를 켜고는 천천히 내 손을 빠져나가 집들을 지나 항구 근처 쪽으로 걸어갔어요. 저는 빨리 아버지를 만나고 싶었지만, 거기서 나를 기다리고 있을 현실이 어떤 것일지 너무 불안하고 두려웠어요. 그래서 가는 길에 잠깐만 들르기로 하고 그 고양이 뒤를 따라갔어요.”

턱을 괴고 왠지 모르게 그녀의 이야기를 듣고 있던 나는 몸을 내밀어 그녀의 눈을 보았다.

“네, 그래서 어떻게 됐죠?”

“그 하얀 고양이는 물가에서 조금 떨어진 곳에 앉더니 잘 보이지 않는 눈으로 바다에서 온 빛을 쬐고 있었어요.”

“네, 그리구요?”

“그래서, 고양이 뒤에서 저도 바다를 바라보았지요. 그러자, 해면을 떠도는 빛나는 점들이 천천히 해안으로 다가오는 거예요. 마침 그때가 마지막 밀물이었기 때문에 아무 생각 없이 보러 갔는데 거기에는 은종이로 만든 별과 달, 구슬이며 종같은 것들이…… 그 왜, 크리스마스 트리 장식처럼요……”

“과연……그건 당신……”

“아참, 전 릴리라고 해요. 릴리 호들러시예요.”

릴리 호들러시! 그녀가 입 끝을 오므리고, 아주 조금 뾰로통하게 내밀면서 처음의 “호” 발음을 부드럽게 발음할 때, 그 입술은 정말 매혹적이었다.

"정말 귀여운 이름이군요. 하지만 호들러시라는 건
......"

"네, 마자르 출신이에요. 이제 마자르라고 하면 안 되니
까, 헝가리지요."

"아, 알겠어요. 저도 부다페스트에는 간 적이 있어요."

"아, 저는 그 남쪽의 페치 출신이에요. 촌트발리* 라는
화가, 아실지 모르겠네요. 그의 작품이 페치에는 아직도
많이 남아 있어요."

"유감이지만 그쪽은 잘 몰라요. 그런데 방금 그 이야기
는, 정말입니까? 아니면 뭔가 그런 기분이 들었다는 겁니
까?"

"정말 제 손으로 주운 거예요. 검은 진흙 같은 모래가 묻
어 있었기 때문에, 맞아요, 마치 당신 구두 끝에 묻은 것
과 똑같은 거였어요. 바닷물에 하나하나 살펴보았으니까
틀림없어요. 그런데 이상하지요, 누군가 버린 게 떠 내려
온 건지. 그것도, 그런 곳에 말예요."

* 촌트발리……1853–1919년 헝가리의 화가. 보스니아, 체코, 팔
레스티나, 이탈리아, 그리스 등을 여행하다 정신병원에서 사망
했다. 그 표현주의적 풍경화는 보는 사람을 압도한다.

"혹시, 거기 숫기가 없어 보이는 어린 개가 떠돌고 있지
는 않았습니까?"

"어머 어떻게 그런 걸 알고 있죠? 맞아요, 조금 어려 보
이는 개였어요. 털이 짧구요. 꼬리를 흔들며 뛰어다니고
있었지만, 그사이 어딘가로 가버렸어요."

"그럼, 정말 별이……"

"네, 그래요. 그대로 물가에 늘어놓았지만, 뭔가 잊을 수
없는 추억 세계의 상징 같은 생각이 들어 두 개만 가져왔
어요. 그리고 뒤를 돌아보니, 아까까지 바다 쪽을 보고 있
던 하얀 고양이는 없었어요."
라고 말하면서, 그녀는 수트 주머니에서, 은종이로 만든
두 개의 별을 꺼내, 손바닥에 올려놓았다.

아아, 이게 무슨 일이란 말인가! 거기에는 분명, 두 개
의 추억의 상징이 있었다.

그러나 동시에 그것은 그녀의 부드럽고 하얀 손 위에서
기분 좋게 잠자는 미래의 징조이기도 했다.

"보실래요?"라며 별을 꺼내 보여주는 그녀의 아름다운
손이 스치는 순간, 지금부터 30년이나 전의 일이 되어 버

린 혁명 후의 혼란 속에서 신들린 듯 찾아 헤매던 자신의 모습을 똑똑히 기억해 냈다.

세차게 내리는 눈보라 속을 방황했던 크리스마스 전날의 일과 그 허름한 여관, 차갑게 식은 수프, 싸구려 카펫, 뭔가를 알면서도 숨기려 했던 유태인, 그리고, ……타 버린 전나무.

그리고, 그리고, ……나는 이 열차는 지금 바로 사빈스키로 향하고 있었다!

은별이 그녀의 손의 감촉과 함께, 떨리는 내 손에 쥐어져 있다.

"하지만, 어떻게 어린 개가 거기 있었다는 걸 알고 있죠? 당신의 훌륭한 상상력 때문인가요, 아니면 그런 이야기라도 있는 건가요?"

도대체 이럴 때, 어떻게 이야기를 시작하면 좋을지 방법을 알 수 없었다.

나는 얀의 이야기를 진실이라고 믿고 있었기 때문에 지금도 마음 한구석에서는 그 전나무가 자라고 있다.

해마다 새로운 가지를 하나씩 늘려 가면서, 분명히 존재하고 있다.

그러나 솔직히, 기가 죽어 우울함에 사로잡혀 있을 때는 거짓말 같은 고양이 이야기에 홀렸었다고 스스로를 책망하기도 했다. 하지만 그것도 하룻밤만 지나면, 얀의 이야기는 내 마음에 살짝 돌아오곤 했다.

그렇지만 그녀의 이야기와, 내 손 안에 있는 현실의 이별은 내 머리를 다시 혼란에 빠뜨렸다.

그 여름의 끝에, 초원에서 얀이 본 북쪽 해안 마을의 환상이나 꿈이 내 손안에 있다는 것이……

로망이 환상을 부르고, 환상이 환각을 이끄는 것일까. 하지만, 내 손에 있는 이 별은 분명한 현실이었다.

그렇다면, 단순한 우연의 축척이 바로 지금 내 앞에 내던져진 것일까.

"아뇨, 그 어느 쪽도 아닙니다. 이것은 사실이에요."

이렇게 나는 그녀, 릴리 호들러시에게 얀한테서 들은 '초원의 크리스마스'를 들려주었다.

열차는 연못가 늪지대 위를 때때로 나타나는 짧은 철교

를 건너면서 무관심하게 달려갔다. 철교를 건널 때의 울림 때문에 내 이야기가 띄엄띄엄 들릴 때마다, 그녀의 얼굴은 조금씩 내 쪽으로 다가왔다.

나는 그 하얀 장미의 엷은 향기를 희미하게 느끼면서 이야기를 계속했다. 마치 내가 얀이라도 된 것처럼.

받아 적은 노트를 수십 번이나 읽고 또 읽어 완전히 외워 버렸기 때문에 무엇 하나 덧붙일 것도 없고 쓸데없는 미사여구도 신중하게 피해 가며, 얀이 이야기한 그대로 열심히 들려주었다.

열차는 그동안 몇 개의 역을 지났을까.

엷은 청색이나 백색, 엷은 노랑과 크림색, 또는 엷은 녹색으로, 하나같이 모두 담담하게 칠해진 역 건물과 횅뎅그렁한 플랫폼을 가진 역들이 나타났다가는 사라졌다.

하늘에는 큼지막한 구름이 하나둘 나타났다.

어느 역에서, 그녀는 플랫폼으로 날아내려 아니, 정말 뛰어내리듯이, 물건 파는 아주머니한테서 사과 두 개를 사 가지고 왔다.

나는 사과를 한입 깨물면서 다시 이야기를 시작했다.

그녀도 사과를 갉아먹으면서 내 이야기에 귀를 기울였다.

사과를 갉아먹으며 확실히 그녀는 내 이야기에 감동하고 있었다.

마침내 한입 갉아먹은 사과를 내려놓고, 윤기 있는 눈동자를 단호히 창 밖으로 향하더니 차례차례 지나가는 전신주 너머로, 연달아 계속되는 자작나무 숲을 바라보고 있었다.

"……그래요, 저는 신에게 자비를 구할 필요도 없고, 불쌍히 여김을 받을 필요도 없어요. 우리들에게 죄는 없어요. 과거도 미래도 없고, 이 초원에 신은 필요없어요. …… 여기는 동정이나 질투나, 증오나, 구제와는 무관한, 자연과 우주에 대한 외로움과 슬픔을 가진 자만이 지배하는 초원이에요."

여기까지 말했을 때, 그녀는 변함없이 초롱초롱한 눈동자로 밖을 보면서, 내 이야기를 받아 이어가는 것처럼,

"그래요, 그래서 우리들은 생의 끝에서, 역시 알몸의 집 없는 사람들이에요. 그리고 우리들은 아담과 이브와 우리들 사이에 존재하는 몇천 년 동안에, 이 세상에서 창조

된 무한히 고귀한 것 모든 것에 대한 마지막 추억이에요. 그러니까 사라져 간 기적의 추억으로 우리들은 숨쉬고, 서로 사랑하고, 눈물 흘리고, 서로에게 의지하며 꼭 껴안고 살아갈 거예요"* 라고 중얼거렸다.

나는 그녀의 아름다운 말에 뭐라고 대답해야 좋을지 몰랐다.

"그래서, 당신은 어떻게 생각해요?"

"네……?"

"당신도, 얀처럼, 신은 필요없다고 생각하나요?"

"저, ……저는 얀처럼 단호하게 신을 부정할 수 있을지 자신이 없을 때도 있어요. 그래도 저 또한 무신론자 축에 낀다고는 생각하고 있어요. 결국, 신의 존재를 부정하는 것을, 신은 허락해 주고 있는 건 아닐까 하고……."

"그럼 신이 존재하고 있다는 것을 인정하는 게 되지 않

* 잡지 《신세계》 편집위원들이 파스테르나크에게 보낸 편지(1956년)로, 파스테르나크작의 장편소설 《닥터 지바고》를 비판하기 위해 인용한, 같은 장편소설 중의 라리사의 대사. 《파스테르나크 자전》(草鹿外吉 역) 중에서.

나요? 그것이 당신의 무신론인가요?”

그녀는 나오려는 웃음을 참지 못하고 양손으로 입을 막았다. 나도, 따라서 결국 큰 소리로 웃어 버렸다.

우리는 서로 마음을 터놓고 있었다. 그리고 차례로 새로운 표정을 짓는 자작나무의 예쁜 줄무늬도 웃고 있었다.

“저기, 당신 이름을 물어봐도 될까요?”

그러고 보니, 나는 그녀가 자기 소개를 했음에도 불구하고, 그녀가 발견한 은별에 빠져들어, 내 이름을 이야기하는 걸 깜박 잊고 있었다.

하지만, ……

“곤란하다면, 억지로 말하지 않아도 괜찮아요.”

나는 애석하게,

“이 이야기의 작자가 나에게 이름을 붙여 주지 않았기 때문에……”라고 대답했다.

그녀는 정말 미안한 표정으로,

“어머, 곤란한 질문을 했군요. 미안해요”라고 말했다.

“아마도, 그 작자는 인간을 별로 좋아하지 않는 것 같군요. 동물에게는 관대하면서.”

“하지만, 인간도 동물의 축에 끼죠.”

“네, 그렇군요. 그러고 보니 확실히, 인간 이외의 동물에게는 관대하네요, 분명.”

“……, 그럴지도 모르죠.”

“그러고 보면, 우리 같은 자들은, 어쩌면 밉상스럽고 조잡하게 그려지겠죠.”

“아뇨, 아니에요.”

“그럴까요?”라고 그녀는 장난기 어린 표정으로 내 눈을 바라보았다.

사실, 그녀는 매우 소박하고 솔직했기 때문에, 너무 자세하게 묘사하면, 그녀의 매력은 사라져 버릴지도 모른다.

이 점에 관해서는, 작자의 판단이 옳다고 생각한다. 그는 필요 이상으로 그녀를 관찰하지 않고, 있는 그대로에 맡기고 있었다.

그리고 내 쪽의 설정이라고 하면, 거의 무시하고 처음부터 상대도 해주지 않았던 건 아닐까 생각될 때가 지금도 가끔 있다.

“이거, 너무 동떨어진 화제가 되어 버렸네요. 자, 이야기를 계속 들려주세요. 빨리 빨리요.”

나는 다시 말을 이었다.

“……그러나, 나는 무엇 하나 바랄 것은 없었다. 바로 지금 여기, 이 세계에는 쓸쓸한 사빈스키역과, 광장을 둘러싼 낡은 건물과, 나와, 가로등과, 차가운 안개비밖에 없다.

아니, 그러고 보니 뭔가를 잊고 있다. 지금 바로 시궁쥐가 사라진 포플러나무들 사이에서, 한 마리의 산까마귀가 언제나처럼 고개를 숙이고 세계의 불경기와 우울을 짊어지고, 이 광장에 발을 들여놓으려고 하고 있었다…….”

그때, 열차는 낯선 역에 도착했다. 역 건물은 훌륭했지만, 설계자의 무기적인 사상이, 역 구내 전체를 살풍경의 밑바닥으로 떨어뜨리고 있었다.

갑자기 확성기에서, 누군가의 연설이 울려 퍼졌다.

“인간 군상의 기술사(技師)가 된다는 것……낡은 형태의 낭만주의와의 절연……그리고……존재하지 않는 생활과 존재하지 않는 주인공들을 그리며……유토피아의 세계로 이끄는 낭만주의와의 절연……을……의미한다. 유물론

적……우리 문학에 있어서 로맨티카는 무관할 수 없지만, 그러나, 그것은 새로운 형태의 로망……혁명적 로맨티카 이다…….”*

때때로 소리가 끊기는 확성기에서 마지막으로 나온 것은, 갈라진 박수 소리였다.

그녀는 주위를 둘러보고 나서,——실제, 이 나라의 슬픈 습성이었던——장난기 어린 웃음을 띠며,

“정말, 얀의 이야기를 저 높으신 분들에게 들려주고 싶어요. 시궁쥐나 산까마귀가 그의 앞을 걸어가는 모습을 상상해 봐요! 얀의 이야기는 반혁명적인, ……아니, 잠깐만요, ……그게 아니구요, 그래요, 초월적 로맨티카요”라고, 나에게 속삭였다.

그리고 한참 뜸을 들이더니, 이번에는 조금 슬픈 표정으로,

“얀은 인간의 세계를 초월한 곳에 순수한 상상력의 왕국을 쌓아올려 놓고, 그곳에서 우리들을 내려다보고 있어

---

* 1934년 8월 17일 제1회 전체 소련작가동맹에서의, 소비에트공산당 중앙위원 안드레이 지다노프의 연설의 일부. 지다노프 저 《당과 문화문제》에서.

요. 아니, 그보다는 ……우리 인간의 세계와는 완전히 분리되어 있는지도 모르겠어요. ……우리들은 이미 버려졌는지도 모르죠……"라고 말을 이었다.

"아뇨, 그럴 리 없어요. 어쨌든 들어보세요, 이야기의 결말을."

열차가 역을 떠남과 동시에, 나는 다시 말을 시작했다.

하늘의 반은 구름으로 덮이고 구름의 행렬은 멀리 동쪽 지평선으로 이어져 있었다. 그리고 태양 빛은 우리들의 칸막이 방에서 사라져 갔다.

다만 창 밖의 초원이나 숲은, 온몸으로 흡수한 빛을 우리가 있는 쪽으로 보내 주었다.

객차의 떨어지는 그림자는 점차 느슨한 평행사변형이 되어, 선로 주변의 잡초 위를 빠져나갔다.

눈부신 바깥의 빛에 익숙해진 눈은, 조금 어두운 실내에 떠오른 그녀의 얼굴을 금방 포착할 수는 없었다.

그러나 서서히 적응해 가는 내 눈동자에 간신히 비춰진 그녀의 미소 짓는 모습은 다정함으로 가득 차 있었다.

"계절은 재빠르게 행동해서 남겨진 것이라고는, 늘 나

와 내 의식이었다. 그렇다, 내 의식과 상상력은 항상 저 사빈스키역과 초원의 전나무를 연결하는 선로 위를 오가면서 줄기차게 내리는 눈 속에서 꽁꽁 얼어붙어 버렸다."

열차가 다시 어느 역에 들어서며 천천히 정차하기 직전에 그녀는,
"어머, 이름 없는 로맨티스트 아저씨! 여기는 사빈스키예요, 사빈스키!"
라고 말하며, 내 손을 잡아끌었다.

……아아, 여기는 틀림없이 사빈스키역이었다.
30년의 세월이 지나도, 어느 것 하나 바뀐 것은 없었다.
마침 우리들 차량의 대각선 방향에 서 있는 세 그루의 자작나무는, 꽤 훌륭하게 자라긴 했지만, 서로 이웃해 있는 모습은 완전히 그대로였다.
그리고 그 식당의 창문도.
게다가 지금으로부터 34년 전 세기와 세기의 틈새기에, 이곳을 방문했던 얀의 시대와도, 분명 무엇 하나 바뀐 것은 없을 것이다.

그리고 앞으로 몇십 년이든 몇백 년이든 이 역은 옛날처럼 그대로 계속 존재할 것이 틀림없다.

가령 이 마을 사람들이 전부 죽어, 새로운 주민이 한 사람도 자기 이름을 댈 수 없다고 해도, 이 역 건물은 오랜 풍화의 때를 기다리면서 엄연히 여기 서 있을 것이다.

"와, 달걀과 벌꿀 파는 아주머니들도 있어요! 우리도 얀처럼, 고골모골을 만들어 볼까요?"

그녀는 들떠서 나에게 컵은 없냐고 물었다.

나는 낡은 가방을 열어 법랑컵과 스푼을 꺼냈다.

"멋져요, 로맨티스트 씨!"

그녀는 스스럼없이 미소 띤 얼굴로 컵을 쥐고 문을 씩씩하게 열어젖히더니 통로로 뛰어나갔다.

나는 창을 활짝 열고, 몸을 있는 대로 빼서 8월의 바람과 빛을 쐬려고 했다.

그러나 서쪽 하늘 낮게 깔린 햇볕은 내 상반신을 객차의 그림자에 잠기게 했다.

그래도 여름의 한창을 넘긴 조금은 스산한 바람이 내 볼과 머리카락을 어루만져 주었다.

플랫폼에 선 그녀는 빛과 바람을 온몸에 받으며, 바람의 짓궂은 장난을 의식하면서 한 손으로 머리카락을 누르고 있었다. 그 아래로 보일 듯 말 듯 한 목덜미의 솜털은 황금색으로 빛나고 있었다. 그녀는 아주머니가 따라 준 벌꿀이 든 컵을 오른손에 쥐고 있었다.

"릴리! 열차가 떠나요!"

나는 웃으면서 외쳤다.

그녀도 웃으면서 나에게 손을 흔들었다.

컵을 오른손으로 받치면서 그녀는 달려와 창 밖에 섰다.

우리들은 모두 객차의 그림자 안에서 서로를 바라보았다.

열차는 이미 둔한 소리를 내며 움직이기 시작했다.

"서둘러요! 빨리!"

라고 다시 나는 외쳤다.

장난기 어린 미소를 띠며, 그녀는 발판의 난간을 붙잡았다.

자리로 돌아오자, 스푼으로 짤그랑짤그랑 섞으면서, 그녀는 오로지 거품이 나게 하려고 열심히 젓고 있었다. 그

리고,

"있죠, 우유도 넣어 달라고 했어요"라고 기쁜 듯이 말했다.

그런 그녀의 웃는 얼굴을 보고 있자니, 이 추억 깊은 사빈스키역을 떠나는 슬픔도 완전히 잊어버렸다.

그녀는 역시 미래를 향해 전진하고 있는 거라고 속으로 생각했다.

"자, 다시 다음 이야기를 들려주세요."

나는 잠자코 끄덕였다.

"장식 붙이기가 끝나고, 군데군데 녹음이 남은 풀 위에 풀썩 앉았다. ……나는, 내 전나무가, 내 것은 아니라는 걸 절실히 느꼈다. 그것은 내 손에서 떠나서, 모두의 손으로 옮겨졌다. 카와카마스나, 시궁쥐와 고아 쥐들, 산까마귀, 보드카를 좋아하는 아저씨, 달걀과 꿀을 파는 아주머니들, ……더, 그밖에도 더욱, ……그런 모두의 손으로 건너갔다.

……그러니까, 우리들은 아직 버려져서는 안 된다! 얀의 상상력의 왕국과 우리들은 아직도 가까스로 연결되어 있는 것이다."

“정말, 그들이 우리도 친구로 인정해 줄까요?”

“물론이죠!”

그리고 마침내 우리는 마지막 몇 대목에 도달했다.

나는 마치 장엄한 축제극의 막을 장식하는 마지막 이야기처럼, 천천히, 한마디 한마디, 음미하듯이 말하고 있었다.

“바람이 한층 차가워진 저녁에, 나는 이곳을 떠났다.

뒤돌아보니, 잠겨 가는 태양 빛을 받으며 꼭대기의 은별은 한쪽이 금색으로, 다른 한쪽은 은색으로 빛나고 있었다.

그것은 대사원의 지붕 꼭대기에서 빛나는 십자가보다 몇백 배나 엄숙하고 아름다웠다.

그러나 동시에 그것은, 단순한 상징에 지나지 않았다.

나는 가슴에 신비스런 감동과 함께……”

“……그렇다, ……나는 가슴에 신비한 감동과 함께, ……사빈스키 지선으로 뛰어올랐다. ……”

우리들 사이에는 근사한 침묵이 흘렀다. 영원히 계속될 것 같은 감미로운 침묵이…….

"……저, ……있잖아요, 제가 만든 고골모골, ……마셔 보세요."

그녀가 양손으로 쥐면서 건네 준 컵은 희미하게 떨리고 있었다.

나는 그 손을 다정하게 감싸면서 컵을 받았다.

얼굴을 들어 보니 그녀의 눈은 울고 있었다.

나는 컵을 받아 쥐었지만 좀처럼 마실 수가 없었다.

스스로도 감동에 넘쳐 있었으니까.

다시 아름다움으로 가득 찬 침묵이 우리를 감쌌다.

그녀는 외투 주머니에 손을 넣고 아까 넣어둔 은별을 꺼내 오른손에 쥐고 있었다.

그리고 왼손으로 턱을 괴고, 창 밖에 차례차례 펼쳐지는 무한한 풍경을 바라보고 있었다.

그러나 그 갈색 눈동자에 비춰진 것은 하늘을 덮은 구

름도 아니고, 누구 한 사람 밟은 적도 없는 침엽수림도 아니고, 혹은 지선 옆에 핀 이름 모를 잡초의 얌전한 흰꽃도 아니었다.

그녀의 눈동자에 비친 것은, 이 이야기의 다양한 광경이었다.

얀이 걸었던 언덕의 오솔길, 바위 위에서 건너다보이는 끝없는 대지, 눈숲에 난 동물들의 발자국, 사빈스키역 광장, 시궁쥐가 사는 뒷골목, 포플러나무 가로수, 역의 식당, 그리고 초원의 전나무.

그녀는 꿈을 꾸는 것처럼, 이 이야기를 다시 한 번 읽었다.

한참이 지나고, 그녀는 입을 열었다.

"이 근사한 이야기가 당신의 창작이든, 아니면 얀이 만들어 낸 이야기이든 전 어느 쪽도 상관없어요. 저에게는 어쨌든 너무나 훌륭하고 잊을 수 없는 이야기였으니까요. 정말이든 거짓말이든 그런 건 문제가 안 돼요."

"아니, 이건 진짜 이야기예요, 릴리! 진실이라구요!"

"네, 하지만 고양이가 인간과 대화를 한다는 건, 그것도

여러 사람과, 더구나 상대방도 고양이가 말하는 것에 놀
라지 않고 태연하게 대화를 하는 것 따위를 믿을 수 있겠
어요?”

그녀는 미소를 띠고 즐거운 듯이 나에게 반론했다.

“하지만, 정말 얀은 러시아어도 폴란드어도 잘하고, 거
기다 터키어도 조금 할 줄 안다고 했어요. 그리고 그밖에
도…… 나는 잘 모르지만, ……카와멘타이어라든가, …….

정말, 이건 얀의 입버릇이지만, ‘정말로,’ 이야기해 주
었어요.”

카와멘타이어라고 말했을 때, 그녀는 거의 뿜어내듯 격
앙되어 있었기 때문에 나는 쓸데없는 말을 내뱉은 것을
후회했다.

“좋아요, 얀이 만든 이야기이고, 당신은 그것을 얀한테
서 들은 거군요. 믿을게요.”

“분명 그건 현실이고 진실이에요. 정말 있었던 일이라
구요!”

“그럼, 당신은 정말 13년 전, 눈보라 속에서 전나무를,
은별이 붙은 전나무를 찾아 다녔단 말인가요?”

“물론이죠! 진짜고 말구요.”

그녀는 한숨을 쉬었다.

"하지만, 별이 달린 전나무가 타 버렸다면, 과연 얀의 이야기가 정말인지, 이제 영원히 알 수 없게 되어 버렸네요, 예를 들어 아무리 당신이 진실이라고 외쳐도 말예요."

"음, 하지만, 그 여관의 유태인이 말한 것이 사실인지, ……저는 지금도 납득이 가지 않아요."

"그럼 그 후에, 다시 한 번 찾아볼 생각은 없었나요?"

"물론 있었지만, 그 이듬해, 그러니까 1922년에 저는 이 나라를 일단 버렸어요. 베를린, 파리, 이스탄불…… 여기저기, 돌아다녔어요. 하지만 지금에 와서는 저도 단념했어요. 얀이 전나무에 장식을 단 지도 벌써 30년 이상이나 지났으니까."

"그래요, 모두 그렇게 과거 속에 잠겨 버렸군요. 어떤 것이라도. 우리도 지금 이 이야기를 하고 있는 동안에조차, 이미 과거의 환영 같은 것이죠. 독자에게 있어서는."

"가령 그렇더라도 상관없지 않나요? 나는 별로 신경 쓰지 않아요. 나 같은 건 언제라도 작자의 과거의 생각과 추억과 함께 뒤섞여, 형편없는 오믈렛이 되어 버릴 테니까. 주변을 아무리 둘러보아도 과거일 뿐이고 미래 따윈 존재하지 않아요.”

“아니에요, 그건 틀렸어요. 당신은 얀의 이야기를 진실이라고 생각하고 있죠? 당신은 미래의 생각 속에 살고 있어요. 앞으로도, 분명 그럴 거구요.”

“그럼 당신은? 당신은 얀의 이야기를 믿어요?”

“네, 믿어요”라고 그녀는 대답했다.

그러나 그녀는 믿고 있지는 않았다.

자작나무 숲과 숲 사이에 안개가 퍼지더니 점점 짙어졌다.

그러나 전신주 아래 반쯤 칠해진 하얀 페인트만은 언제까지나 나를 바라보고 있었다. 그리고 멀어지는 전신주 옆에는 그녀의 슬픈 옆모습이 있었다.

“결국 즐겁거나 유쾌했던 기억은 어느 정도 세월이 지나면, 모두 색색의 유리구슬에 갇혀 버려 생각할 때마다 하나 둘 셋 커다랗고 주둥이가 넓은 병 속으로 빨려 들어가는 거예요. 그리고 이런 수많은 병들은 이제 그것이 어디에서 끝날 것인지 아무도 기억하지 못해요.

그런데 슬프거나 쓸쓸했던 기억은, 청량한 강바닥에 흩어져 사각사각 부딪히는 새하얀 장석이나 투명한 석영 입자처럼, 때때로 고양되는 의식의 흐름을 타고 춤추며 올라가거나 무의식의 웅덩이에 잠겨 버리거나 하면서 조금씩, 정신이 아찔해질 정도로 천천히, 생애의 전성기의 강입구를 향해 흘러 나아가죠. 그래서 죽기 전에 되살아나는 모든 기억은 슬픈 거예요.

하지만, 이렇게 생을 마칠 때까지 연마된, 쓸쓸하거나 슬픈 기억만큼 아름다운 것은, 이만큼 아름다운 것이 또 있을까요!"

이미 지나쳐 간 역들은 모두 안개에 잠겨 버렸다.

오직 전철기를 밟는 소리와, 신호기의 희미한 빛이 역을 암시하고, 브레이크를 밟는 소리가 유일하게 역의 존재를 확인시켜 주었다.

나는 릴리의 이야기를 들으면서도 눈은 끊임없이 창 밖 안개의 세계를 헤매고 있었다.

"있죠, 이런 시의 한 구절을 알고 있나요?"

"어떤 건데요?" 나는 약간 웃으면서 물었다.

"'겨울의 축제'
미래로는 부족하다
오래된 것 새로운 것으로는 부족하다
영원이, 방 한가운데에서
성스러운 전나무가 되지 않으면 안 된다……"

"아저씨도 말해 봐요. 어서, 같이요.

미래로는 부족하다
오래된 것 새로운 것으로는 부족하다
영원이……
영원이, 방 한가운데에서
성스러운 전나무가 되지 않으면 안 된다"
"이 시의 한마디를 다른 말로 바꿔볼까요. 이렇게요.

미래로는 부족하다
오래된 것 새로운 것으로는 부족하다
영원이 초원 한가운데에서
성스러운 전나무가 되지 않으면 안 된다"

“영원이 초원 한가운데에서, 성스러운 전나무가 되지 않으면 안 된다…….

이상하군요, 마치 얀의 이야기가 시가 된 것 같아요. 얀은 영원을 저 어린 전나무에 장식했다……. 그래요, 그대로에요!”

“얀의 이야기에는, 그러니까 이 이야기에는 제목이 있나요?”

“제목이라구요? 이건 진짜 있었던 일이니까, 그런 건 생각한 적도 없어요. 이야기도 소설도 아니니까.”

“하지만 지금 당신이 이 이야기를 책으로 써야 할 때가 온다면, ……저는 지금 진지하게 말하고 있는 거예요…… 만약 그때가 되면, ‘초원의 축제’ 라고 붙여 주세요.”

“물론 그러지요. 고마워요.”

나는 씁쓸하게 웃으며 대답했다.

하늘의 명도는 완전히 떨어져 있었다.

그것은 짙은 안개 때문만은 아니었다. 실제로, 시각은 이미 9시를 지나고 있었는지도 모른다. 그러나 태양은 아직도 고집 세게 남아 있었다.

270

"이 상태라면 무인역도 잘 알아볼 수 없을 거예요."

그녀는 밖을 보면서 말했다.

그녀도 역시 나처럼 신경을 쓰고 있는 것이다.

"그래요, 이런 안개 속에서는."

나는 뿌연 안개를 보면서 얀이 지은 시를 한 구절 떠올렸다.

나는 안개의 기차를 타고 돌아갔다

내 별이여 영원히 빛나라

가령 그것이 땅에 떨어진다 해도

지상에서 빛나라

가령 그것이 어디론가 사라져 버려도

우리가 공유하는 기억 속에서

영원히 빛나라

문득 바라보자, 고귀한 정신의 고양과 감동 뒤에 오는 흡족하고 황홀한 기분 속에서, 그녀는 긴 여행의 피로에 완전히 지배되어 있었다.

그녀의 부드러운 오른손에 쥐어진 은별도 새근새근 기

분 좋게 잠들어 있다.

희미한 실내등이 켜질 무렵, 바깥은 겨우 늦은 밤을 맞이할 준비를 하고 있었다.

그녀는 변함없이 편안하게 잠들어 있다.

나는 꾸벅꾸벅 졸면서 그래도 열심히 눈을 비벼 가며, 안개 외엔 어느 것 하나 보이지 않는 세계를 바라보고 있었다. 그 무인역은 훨씬 전에 지나갔을까, 아니면 아직일까…….

어느샌가 나도 잠에 빨려 들어갔다. 그냥, 그것은 얕은 잠이었다. 하지만 그것을 찾는 나의 의식은 잠들지 않았다.

갑자기 전철기에 부딪치는 기차바퀴 소리에 나는 퍼뜩 잠에서 깼다.

창을 보니 자욱이 끼여 있던 안개가 서서히 걷히고, 갑자기 커튼이 열리듯이 투명한 대기의 여기저기에 거뭇한 침엽수림이 나타났다.

　그 숲과 숲 덩어리의 틈사이로 희미하게 열린 작은 입구에서 우리의 초원은, 완만한 기복과 함께 깊은 푸름을 칭송하며 지금 바로 밤이 되려는 하늘과, 그 하늘에 맞닿아 있는 지평을 향해 펼쳐져 있었다.

　그것이 펼쳐진 꼭대기에 한 그루의 전나무와 맨 위에서 빛나는 별이 보였다.

　그것은 아주 짧은 찰나였다.

　금세, 시야의 앞을 가로막는 새로운 숲 덩어리가 모든 것을 감춰 버릴 때까지.

　"봤어요! 그 별, 얀의 별 말예요! 거기 있었어요!"
　"네? 어디에요?"
　갑자기 잠에서 깬 그녀는 아주 약간 서리가 끼기 시작한 유리창을 무심코 닦으면서 반쯤 열린 눈으로 바깥을 보려고 애를 썼다.

“분명, 그것은 전나무 위에서 초저녁의 밝은 별인지, 아무튼 밝은 별이 빛나고 있었어요…….”

그러나 그녀는 다시 거역할 수 없는 잠의 정령에 빨려 들어갔다.

나는 릴리의 잠자는 얼굴을 보는 것 외에 아무것도 할 수 없었다.

나도 모르게 눈물이 흘러내렸다.

흘러내린 눈물이 그녀의 붉은 기가 도는 갈색의 머리카락을 따라 잠들어 있는 아름다운 얼굴의 귀 언저리까지 도달해도,

그녀는 깊은 평온함에 몸을 맡긴 채,

기분 좋은 숨소리를 내며 깊은 잠에서 깨어나려고는 하지 않았다.

사빈스키 지선은 어느샌가 폐선이 되어 있었다.

녹슨 선로 사이로 여름풀이 무성하게 자라고, 흙을 높이 쌓아올린 둔덕 위에서는 참새들이 언제까지나 벌레와 작은 열매를 찾아 시간 가는 줄 모르고 돌아다녔다.

무인역은 그런 새들의 소리를 들으면서, 조용히 그리고 느긋하게 말라가고 있었다.

사빈스키역의 건물은 그대로 남겨져, 구내식당은 변함없이 마을 손님만을 상대로 열려 있어서 아무것도 변한 것은 없었다.

그러나 집시는 한 사람도 남지 않고 마을에서 사라졌기 때문에 식당에서 연주하는 모습은 볼 수 없었다. 그 대신, 살아남은 유태인 바이올린 연주자가 용돈벌이를 위해 오래된 왈츠나 옛날에 유행한 탱고를 연주하러 왔다.

단 그것도, 마음 내킬 때만이었지만.

식당 창문에서 안을 들여다보던 고양이는 보드카를 좋

아하는 아저씨에게 귀여움 받으면서 성장해, 네 마리의 아기고양이를 낳고, 그 아기고양이들도 어른이 되자, 각자 네 마리의 아기고양이를 낳고, 다시 각각……,

이렇게 당장에라도 식당 창문에서 나란히 줄을 서서, 안을 들여다보는 몇 마리의 어린 고양이들이 있었다.

역의 물건 파는 아주머니들은 오래 전에 그 대가 바뀌었지만, 그 사람들도 여전히 전혀 변함없는 모습으로 이 대륙의 북쪽 해안으로 향하는 장거리 버스 정류장에서 장사를 하고 있었다.

버스는 보닛*을 덜커덩거리면서 돌과 진흙이 깔린 길을, 낡아빠진 몸으로 겨우겨우 달려갔다.

1920년, 북쪽 해안 마을 아르항겔스크의 백위군은 괴멸하고, 밀러장군은 쇄빙선을 타고 탈출했다. 금발의 항해사는 그때 백발의 선장이 되어 있었다.

사빈스키는 별로 변한 것은 없었다.

* 보닛……자동차의 앞부분 엔진실의 덮개.

276

역 앞 광장도, 아주 가끔 역에서 나타난 승객이 목적도 없이 내내 서 있는 모습조차 볼 수 없게 되었지만, 휑하니 주위를 둘러싼 건물들은, 시대에 뒤떨어진 외관도 아랑곳 않고 의연히 서 있었다.

단, 극장은 폐쇄되었는데 손님이 적어서인지, 사상적인 문제인지, 혹은 그밖에 뭔가 우리의 이해를 넘어선 문제가 있었는지, 이유는 분명하지 않다.

포플러 가로수는 지쳐 있었지만, 나름대로 잎을 무성하게 키웠다. 그리고 여름이 지나자 지체 없이 노란 잎을 흩뿌리고 서둘러 잠들었다.

단편작가는 얀이 마지막 장식 달기를 마친 2,3년 후에 독일의 남쪽 끝에 있는 작은 요양지에서 생을 마감했다. 두루미는 그 일 년쯤 전에 작가와 헤어져 마음 닿는 곳으로 날아갔다.

시궁쥐와 산까마귀는 지금도 살아 있다. 얀이 말한 것처럼 그들은 영원의 일원이니까.

그런데 어쩌면 독자들의 관심사일, 릴리와 로맨티스트에 대해서는 구태여 여기서는 언급을 피하고자 한다. 그들의 그 후를, 이것저것 깊이 파고드는 것은 아무래도 내키지 않기 때문이다. 어쩐지 그대로 놔두고 싶다.

마지막으로, 은별이 달린 전나무에 대해서는 독자 여러분이 눈으로 직접 확인해 보기를 권한다.

가령 그것을 볼 수 없다고 해도 여러분의 인생에 조금은 보탬이 될 테니까.

체호프의 편지에서

"이 작품을 위해 나는 일부러 요양지인 니스에서 마중을 나왔는데 결국 촬영한 것은 안경과 지팡이뿐이었어요. 게다가 묘하게도 나의 강한 고양이는 나에게 콧방귀로 답하며 나중에는 무시하기까지 했죠. 결론을 먼저 쓰겠어요. ──이 작품은 철저하게 이기적이고 배타적이에요. 순수하게. ……그리고 그 '순수함'이 이 작품을 칭찬하기 위한 단 하나의 말이지만요.──

촬영은 순조로웠어요. 프로듀서는 자금조달에 나날을 보내고, 가끔 현장에 나타나면, 빨리 끝내라고 성화를 부렸죠. 감독은 당대에 으뜸가는 기교파이자 전위예술가라고 했어요. 사실 이것은 본인의 입버릇이었고, 주위에서 그렇게 생각하고 있는 사람은 아무도 없었지만요. 어떤 장면에서는 카와카마스의 연기지도에 하루를 보내는 바람에, 카와카마스는 호흡을 할 수 없게 되어 들것에 실려 강까지 운반된 적도 있어요. 나무 아래에서 멍하니 서 있는 것처럼 연기하는 장면에서 산까마귀는 가엾게도 촬영이 벌써 끝났는데도 불구하고 그대로 방치되어 일주일 후에 같은 나무 아래에 널브러져 있는 것이 발견되었죠. 모두 순조로웠어요. 두려울 만큼요. 주인공인 고양이는 시간만 나면 두루미의 날갯죽지를 한 가닥씩 빼내어, 시궁쥐와 인디언놀이를 하고 있었어요. 시궁쥐는 항상 기병대의 대장 역할을 하고 싶어했어요.

들어보세요. 지금 나는 정신병을 앓고 있어요. 어제 나는 등장동물들이 하늘에서 사뿐히 내려와 그들의 장면을 완벽하게 연기하는 꿈을 꾸었죠. 그들은 우리의 상상을 훨씬 뛰어넘은 곳에 살고 있어요. 여러분도 알까요. 이 세상에는 이런 불가사의한 세계가 아직 남아 있다는 것을. 그런데 나와 두루미의 장면이 다시 시작되었군요. 여러분, 잊지 말아요, 그들은 하늘에서 내려와요."

—— 여러분의 **A**. 체호프

(날짜, 수취인 불명)

감독 인터뷰 발췌

Q 감독님, 여기 몇 가지 질문을 하겠습니다.

—— 좋아요.

Q 먼저, 이 작품은 도대체 어떤 장르에 들어가는 건가요? 소설, 산문시, 혹은 영화? 아니면 애니메이션 각본입니까?

—— 영상으로 생각한다면 영화입니다. 그리고 문자로서 생각한다면, 산문과 시가 섞인 이야기 같은 느낌이랄까 마치 이 작품에 모습을 드러낸 침엽수와 활엽수가 섞인 숲처럼요.

Q 그런데 이 작품의 발단은 한 장의 그림에서 시작되었다고 들었습니다만.

—— 그래요, 고양이가 초원 한가운데에서 전나무에 장식

을 달고 있는 그림(155)입니다. 실제로는 가로로 긴 크기여서 초원이 더 펼쳐져 있었지만, 도쿄의 오데사·이스탄불이라는 카페에서 엽서로 팔고 있었어요.

Q 크리스마스 카드로 말인가요?

—— 어느 날 갑자기 그런 구도가 떠올라서……. 처음에는 많은 침엽수림 속의 한 그루에 고양이 한 마리가 크리스마스 장식을 의자에 올라가서 다는 모습을 그리려고 했는데 나무를 몇 그루나 그리는 것이 귀찮았고 저는 원래 초원을 좋아하기 때문에 초원 한가운데에 나무를 한 그루만 그렸죠. 단순히 크리스마스를 위한 이야기나 그림이 아니라 더 보편적인 것입니다.

Q 단순한 크리스마스 이야기가 아니라구요? 그럼 이 작품이 의도하는 점은 무엇입니까?

—— 그건 말이죠, 우물쭈물하는 인간 세계와 완전히 분리된 다른 세계를 구축하고 싶었을 뿐입니다.

Q 그래서 당신 작품에는 인간이 별로 등장하지 않는군요.

—— 인간에 대해서는 벌써 동서고금을 막론하고 수없이 그려져 있습니다. 남은 길은 두 개밖에 없습니다. 등장인물

을 모두 죽이든가, 처음부터 아예 인간을 그리지 않던가. 나는 후자를 선택했어요. 결국 인간이 존재하지 않는 지평에서 모든 것을 다시 시작하고 싶어요. 게다가 인간은 동물이 아니어서 그리기 어려워요. 피부가 노출되어 있어 <u>으스스한 기분</u>이 든다고 할까, 귀여워 보이지가 않아요.

Q 1900-1902년, 1921년, 1934년이라는 연대에는 어떤 의미가 있습니까?

—— 좋은 질문이군요. 이 30년 남짓 되는 기간에 얼마나 많은 일이 일어났는지, 정치 상황이나 예술문화 세계에서의 격차는 그야말로 상상을 초월합니다. 1934년은 소비에트 정권 지다노프의 연설에 맞추었습니다. 사회주의 찌꺼기리얼리즘을 결정지은 연설이지요. 아, 하지만, 찌꺼기리얼리즘도 매력이 있다는 걸 최근에 와서 새삼 느꼈지만요. 이 해의 끝에 키로프가 암살되고, 스탈린의 공포정치는 점입가경에 이르렀어요.

Q 이번 각 장면의 촬영은 어땠습니까?
—— 별로 만족스럽지 않습니다. 시간이 있으면 전부 다

시 그리고 싶을 정도입니다. 그림으로서는 너무 설명적입니다. 대체로 저는 주제에서 아주 조금 벗어난 시점의 그림을 좋아합니다. 깊이라는 건 별로 의미 없는 순간에 있는 겁니다. 정신적인 틈이 생겨난 바로 한순간 안에 말이죠.

Q 지난번 작품이나 이번 것도 러시아가 무대 같은데, 우리나라를 무대로 한 것은 그리지 않습니까?

—— 고양이가 여우나 산짐승들과 충돌하는 산골짜기의 세계를 그리라는 말입니까? 그런 산골짜기에도 맨션이 들어서 있으니까, 그 모퉁이에서 딱 마주치는 식이 싫었어요.

Q 혹시 우리가 잘 모르는 지역에서 적당히 얼버무려 촬영한 것은 아닌가요?

—— 별로요. ……뭐, 그러나, 러시아 연구자도 만난 적이 없고, 돈도 힘도 없으니까 뭐라고 해도 어쩔 수 없다는 것은 있습니다만.

Q 촬영에서 하나 알 수 없는 장면이 있었는데 다섯번째 여행이었던가, 사빈스키역에 돌아왔을 때의 장면입니다. 장화를 신고 있지 않은 것은 특별한 이유라도 있는 겁니까? 분

명 그때 펠트부츠를……

—— 그런 건 상관없잖아요? 신발이 젖었었어요, 속까지. 발이 축축했겠죠. 대합실이나 어딘가에서 말리고 있는 거예요.

Q 그건 그렇고 체호프가 자주 출연해 주었더군요.

—— 두 가지 대답도 대충대충 건너뛰었군요. 음, 제 작품이니까, 그에게 있어서는 기념도 되고 해서.

Q 음악 말인데요, 왜 그 바이올린 연주자는 마태수난곡의 아리아를 노래하고 사라졌습니까?

—— 종교적인 점잔 빼는 세계는 싫어합니다. 게다가 그들은 오염되지 않은 동물이어서 신에게 긍휼히 여김을 받을 필요는 없잖아요.

Q 그런데 말레비치나 필로노프풍의 그 거대한 시궁쥐와 까마귀 장면은 러시아 아방가르드를 비꼬는 것입니까?

—— **No not at all**! 전혀요. 러시아 아방가르드의 표현이 변절해 가는 점은 재미있지만, 이 나이가 되니 레비탄 같은

화가의 작품에 가슴이 뭉클해집니다.

Q 그런데 다음 작품의 예정은 언제쯤이죠?
—— 콩새라는 조금 주제넘지만 밉지 않은 새가 있어요,
그 새가…… (여기서 약속 시간은 끝났지만, 그는 혼자서 연달
아 계속 떠들었다. 우리들은 눈치 채지 않도록, 슬쩍 자리를 떠
났다).

개정판의 맺음말

이 책의 초판이 나오고 10년이 지났다. 오랫동안 많은 독자들이 사랑해 주어 어차피 그렇다면 하는 심정으로 새롭게 개정판도 내게 되었다. 그리고 겉모습도 새로워졌으면 내용도 조금 더 새롭게 다듬어야겠다고 생각했다.

읽기 어려운 표현들을 피하고 집요한 반복도 쳐내고 독자들에게 조금이라도 더 친숙하게 다가가 보자고 생각한 것이다. 영국의 편집자 크리스 뮬헴 씨는 한 줄이라도 삭제하는 것에 이의를 제기해 와서 메일로 서로 의논을 한 끝에 타협을 본 영문판을 참고로 했다. 다른 언어로 번역된 것을 대조하면 무엇을 이해되고 무엇이 이해되지 않는지 보다 더 분명해진다.

나에게 있어서 이 작품은 '얀과 카와카마스'에 이은 두번째 작품이다.* 첫번째 작품에서는 그려져 있지 않은 세계를 그려 볼 생각으로 나도 모르게 힘이 들어가 버렸다. 그 생경함도 초판의 매력을 따라가지는 못하지만 역시 변화는 필요할 거라고 판단했다. 보편에 다가간다는 의지, 나이를 먹으면 누구나 빠지는 함정인지도 모르지만…….

제일 크게 바뀐 점은 일인칭의 표기다. 이 점, 일본어는 편리하다. 프롤로그와 에필로그의 화자=이름 없는 로맨티스트는 '나'로 통일했다. 물론 얀은 언제나처럼 '나'이다. 이스탄불의 카페의 '나'는 작자로서의 나를 가리킨다.

이제, 나에 관한 이야기라서 미안하지만, 대량의 각혈 후, 나는 이 작품의 '나'에 빨려 들어가는 듯한 심정이 되었다. 나는 죽어도 이 '이름 없는 로맨티스트'와 하나가 되어 영원히 얀이 장식한 초원의 전나무를 찾아다니는 여행을 떠날 수

---

* 실은 두번째 작품이기는 해도 정확히는 '얀과 콩새 이야기'의 전반부를 써내려 갈 때 갑자기 크리스마스를 위한 이야기를 써보아야겠다는 생각이 떠올라, 쓰기 시작한 것으로 '얀과 콩새 이야기'의 전반부와 후반부 사이에 샌드위치처럼 끼워 넣어 태어난 것이다. 이 두번째 작품, 문체도 취향도 전혀 다르지만…….

있다. 현실의 세계에서는 모습을 잃어도 상상력의 세계, 그 안에 언제까지나 살아 있을 수 있다. 더구나 그것이 나 자신의 작품이니까, 이보다 멋진 일은 없다.

지금, 이 순간에도 나는 이 책 안에서 살아 있다. 그리고 사랑하는 사람, 독자들과 함께 저 전나무를 찾으러 나간다!

2008년 11월 6일 깊은 밤, 병실에서

얀 이야기
❹
초원의 축제

초판발행: 2010년 8월 10일

지은이: 마치다 준〔町田 純〕
옮긴이: 김은진
총편집: 李姃昊

東文選
제10-64호, 78. 12. 16 등록
110-300 서울 종로구 관훈동 74번지
전화: 737-2795

ISBN 978-89-8038-925-4 04830
ISBN 978-89-8038-921-6(세트)

【東文選 現代新書】

1	21세기를 위한 새로운 엘리트	FORESEEN 연구소 / 김경현	7,000원
2	의지, 의무, 자유 ― 주제별 논술	L. 밀러 / 이대희	6,000원
3	사유의 패배	A. 핑켈크로트 / 주태환	7,000원
4	문학이론	J. 컬러 / 이은경·임옥희	7,000원
5	불교란 무엇인가	D. 키언 / 고길환	6,000원
6	유대교란 무엇인가	N. 솔로몬 / 최창모	6,000원
7	20세기 프랑스철학	E. 매슈스 / 김종갑	10,000원
8	강의에 대한 강의	P. 부르디외 / 현택수	6,000원
9	텔레비전에 대하여	P. 부르디외 / 현택수	10,000원
10	고고학이란 무엇인가	P. 반 / 박범수	8,000원
11	우리는 무엇을 아는가	T. 나겔 / 오영미	5,000원
12	에쁘롱 ― 니체의 문체들	J. 데리다 / 김다은	7,000원
13	히스테리 사례분석	S. 프로이트 / 태혜숙	7,000원
14	사랑의 지혜	A. 핑켈크로트 / 권유현	6,000원
15	일반미학	R. 카이유와 / 이경자	6,000원
16	본다는 것의 의미	J. 버거 / 박범수	10,000원
17	일본영화사	M. 테시에 / 최은미	7,000원
18	청소년을 위한 철학교실	A. 자카르 / 장혜영	7,000원
19	미술사학 입문	M. 포인턴 / 박범수	8,000원
20	클래식	M. 비어드·J. 헨더슨 / 박범수	6,000원
21	정치란 무엇인가	K. 미노그 / 이정철	6,000원
22	이미지의 폭력	O. 몽젱 / 이은민	8,000원
23	청소년을 위한 경제학교실	J. C. 드루엥 / 조은미	6,000원
24	순진함의 유혹 〔메디시스賞 수상작〕	P. 브뤼크네르 / 김웅권	9,000원
25	청소년을 위한 이야기 경제학	A. 푸르상 / 이은민	8,000원
26	부르디외 사회학 입문	P. 보네위츠 / 문경자	7,000원
27	돈은 하늘에서 떨어지지 않는다	K. 아른트 / 유영미	6,000원
28	상상력의 세계사	R. 보이아 / 김웅권	9,000원
29	지식을 교환하는 새로운 기술	A. 벵토릴라 外 / 김혜경	6,000원
30	니체 읽기	R. 비어즈워스 / 김웅권	6,000원
31	노동, 교환, 기술 ― 주제별 논술	B. 데코사 / 신은영	6,000원
32	미국만들기	R. 로티 / 임옥희	10,000원
33	연극의 이해	A. 쿠프리 / 장혜영	8,000원
34	라틴문학의 이해	J. 가야르 / 김교신	8,000원
35	여성적 가치의 선택	FORESEEN연구소 / 문신원	7,000원
36	동양과 서양 사이	L. 이리가라이 / 이은민	7,000원
37	영화와 문학	R. 리처드슨 / 이형식	8,000원
38	분류하기의 유혹 ― 생각하기와 조직하기	G. 비뇨 / 임기대	7,000원
39	사실주의 문학의 이해	G. 라루 / 조성애	8,000원
40	윤리학 ― 악에 대한 의식에 관하여	A. 바디우 / 이종영	7,000원
41	흙과 재 〔소설〕	A. 라히미 / 김주경	6,000원
42	진보의 미래	D. 르쿠르 / 김영선	6,000원
43	중세에 살기	J. 르 고프 外 / 최애리	8,000원
44	쾌락의 횡포·상	J. C. 기유보 / 김웅권	10,000원
45	쾌락의 횡포·하	J. C. 기유보 / 김웅권	10,000원
46	운디네와 지식의 불	B. 데스파냐 / 김웅권	8,000원
47	이성의 한가운데에서 ― 이성과 신앙	A. 퀴노 / 최은영	6,000원
48	도덕적 명령	FORESEEN 연구소 / 우강택	6,000원
49	망각의 형태	M. 오제 / 김수경	6,000원
50	느리게 산다는 것의 의미·1	P. 쌍소 / 김주경	7,000원

51 나만의 자유를 찾아서　　　　　　 C. 토마스 / 문신원　　　　　　　　　　　 6,000원
52 음악의 예지를 찾아서　　　　　　 M. 존스 / 송인영　　　　　　　　　　　 10,000원
53 나의 철학 유언　　　　　　　　　 J. 기통 / 권유현　　　　　　　　　　　　 8,000원
54 타르튀프 / 서민귀족 〔희곡〕　　　 몰리에르 / 덕성여대극예술비교연구회　 8,000원
55 판타지 공장　　　　　　　　　　　 A. 플라워즈 / 박범수　　　　　　　　　 10,000원
56 홍수 · 상 〔완역판〕　　　　　　　 J. M. G. 르 클레지오 / 신미경　　　　　 8,000원
57 홍수 · 하 〔완역판〕　　　　　　　 J. M. G. 르 클레지오 / 신미경　　　　　 8,000원
58 일신교 — 성경과 철학자들　　　　 E. 오르티그 / 전광호　　　　　　　　　 6,000원
59 프랑스 시의 이해　　　　　　　　　 A. 바이양 / 김다은 · 이혜지　　　　　　 8,000원
60 종교철학　　　　　　　　　　　　　 J. P. 힉 / 김희수　　　　　　　　　　　 10,000원
61 고요함의 폭력　　　　　　　　　　 V. 포레스테 / 박은영　　　　　　　　　 8,000원
62 고대 그리스의 시민　　　　　　　　 C. 모세 / 김덕희　　　　　　　　　　　 7,000원
63 미학개론 — 예술철학입문　　　　　 A. 셰퍼드 / 유호전　　　　　　　　　　 10,000원
64 논증 — 담화에서 사고까지　　　　 G. 비뇨 / 임기대　　　　　　　　　　　 6,000원
65 역사 — 성찰된 시간　　　　　　　 F. 도스 / 김미겸　　　　　　　　　　　 7,000원
66 비교문학개요　　　　　　　　　　 F. 클로동 · K. 아다 - 보트링 / 김정란　 8,000원
67 남성지배　　　　　　　　　　　　 P. 부르디외 / 김용숙　　　　　　 개정판 10,000원
68 호모사피언스에서 인터렉티브인간으로　　 FORESEEN 연구소 / 공나리　 8,000원
69 상투어 — 언어 · 담론 · 사회　　 R. 아모시 · A. H. 피에로 / 조성애　　 9,000원
70 우주론이란 무엇인가　　　　　　　 P. 코올즈 / 송형석　　　　　　　　　　 8,000원
71 푸코 읽기　　　　　　　　　　　　 P. 빌루에 / 나길래　　　　　　　　　　 8,000원
72 문학논술　　　　　　　　　　　　　 J. 파프 · D. 로쉬 / 권종분　　　　　　 8,000원
73 한국전통예술개론　　　　　　　　　 沈雨晟　　　　　　　　　　　　　　　 10,000원
74 시학 — 문학 형식 일반론 입문　　 D. 퐁텐 / 이용주　　　　　　　　　　　 8,000원
75 진리의 길　　　　　　　　　　　　 A. 보다르 / 김승철 · 최정아　　　　　　 9,000원
76 동물성 — 인간의 위상에 관하여　　 D. 르스텔 / 김승철　　　　　　　　　　 6,000원
77 랑가쥬 이론 서설　　　　　　　　　 L. 옐름슬레우 / 김용숙 · 김혜련　　　 10,000원
78 잔혹성의 미학　　　　　　　　　　 F. 토넬리 / 박형섭　　　　　　　　　　 9,000원
79 문학 텍스트의 정신분석　　　　　　 M. J. 벨멩-노엘 / 심재중 · 최애영　　 9,000원
80 무관심의 절정　　　　　　　　　　 J. 보드리야르 / 이은민　　　　　　　　 8,000원
81 영원한 황홀　　　　　　　　　　　 P. 브뤼크네르 / 김웅권　　　　　　　　 9,000원
82 노동의 종말에 반하여　　　　　　　 D. 슈나페르 / 김교신　　　　　　　　　 6,000원
83 프랑스영화사　　　　　　　　　　　 J. -P. 장콜라 / 김혜련　　　　　　　　 8,000원
84 조와(弔蛙)　　　　　　　　　　　 金敎臣 / 노치준 · 민혜숙　　　　　　　 8,000원
85 역사적 관점에서 본 시네마　　　　 J. -L. 뢰트라 / 곽노경　　　　　　　　 8,000원
86 욕망에 대하여　　　　　　　　　　 M. 슈벨 / 서민원　　　　　　　　　　　 8,000원
87 산다는 것의 의미 · 1 — 여분의 행복　　 P. 쌍소 / 김주경　　　　　　 7,000원
88 철학 연습　　　　　　　　　　　　 M. 아롱델-로오 / 최은영　　　　　　　 8,000원
89 삶의 기쁨들　　　　　　　　　　　 D. 노게 / 이은민　　　　　　　　　　　 6,000원
90 이탈리아영화사　　　　　　　　　　 L. 스키파노 / 이주현　　　　　　　　　 8,000원
91 한국문화론　　　　　　　　　　　　 趙興胤　　　　　　　　　　　　　　　 10,000원
92 현대연극미학　　　　　　　　　　　 M. -A. 샤르보니에 / 홍지화　　　　　　 8,000원
93 느리게 산다는 것의 의미 · 2　　　 P. 쌍소 / 김주경　　　　　　　　　　　 7,000원
94 진정한 모럴은 모럴을 비웃는다　　 A. 에슈고엔 / 김웅권　　　　　　　　 8,000원
95 한국종교문화론　　　　　　　　　　 趙興胤　　　　　　　　　　　　　　　 10,000원
96 근원적 열정　　　　　　　　　　　 L. 이리가라이 / 박정오　　　　　　　　 9,000원
97 라캉, 주체 개념의 형성　　　　　　 B. 오질비 / 김 석　　　　　　　　　　 9,000원
98 미국식 사회 모델　　　　　　　　　 J. 바이스 / 김종명　　　　　　　　　　 7,000원
99 소쉬르와 언어과학　　　　　　　　　 P. 가데 / 김용숙 · 임정혜　　　　　　 10,000원
100 철학적 기본 개념　　　　　　　　 R. 페르버 / 조국현　　　　　　　　　　 8,000원
101 맞불　　　　　　　　　　　　　　 P. 부르디외 / 현택수　　　　　　　　　 10,000원

204 민족학과 인류학 개론　　　　　J. 코팡 / 김영모　　　　　　　10,000원
205 오키나와의 역사와 문화　　　　外間守善 / 심우성　　　　　　　10,000원
206 일본군 ‘위안부’ 문제　　　　　石川康宏 / 박해순　　　　　　　 9,000원
207 엠마뉴엘 레비나스와의 대담　　M. de 생 쉐롱 / 김웅권　　　　10,000원
208 공존의 이유　　　　　　　　　조병화　　　　　　　　　　　　 8,000원
209 누벨바그　　　　　　　　　　　M. 마리 / 신광순　　　　　　　10,000원
210 자기 분석에 대한 초고　　　　 P. 부르디외 / 유민희　　　　　10,000원
211 이만하면 성공이다　　　　　　J. 도르메송 / 김은경　　　　　10,000원
212 도미니크　　　　　　　　　　　E. 프로망탱 / 김웅권　　　　　10,000원
213 동방 순례　　　　　　　　　　 O. G. 토마 / 김웅권　　　　　　10,000원
214 로리타　　　　　　　　　　　　R. 코리스 / 김성제　　　　　　10,000원
300 아이들에게 설명하는 이혼　　　P. 루카스·S. 르로이 / 이은민　 8,000원
301 아이들에게 들려주는 인도주의　J. 마무 / 이은민　　　　　　　　근간
302 아이들에게 설명하는 죽음　　　E. 위스망 페랭 / 김미정　　　　8,000원
303 아이들에게 들려주는 선사시대 이야기　　J. 클로드 / 김교신　8,000원
304 아이들에게 들려주는 이슬람 이야기　　T. 벤 젤룬 / 김교신　8,000원
305 아이들에게 설명하는 테러리즘　M. -C. 그로 / 우강택　　　　　8,000원
306 아이들에게 들려주는 철학 이야기　　R. -P 드루아 / 이창실　8,000원

【東文選 文藝新書】

　1 저주받은 詩人들　　　　　　　A. 뻬이르 / 최수철·김종호　　　개정근간
　2 민속문화론서설　　　　　　　　沈雨晟　　　　　　　　　　　 40,000원
　3 인형극의 기술　　　　　　　　　A. 훼도토프 / 沈雨晟　　　　　 8,000원
　4 전위연극론　　　　　　　　　　J. 로스 에반스 / 沈雨晟　　　　12,000원
　5 남사당패연구　　　　　　　　　沈雨晟　　　　　　　　　　　 19,000원
　6 현대영미희곡선(전4권)　　　　 N. 코워드 外 / 李辰洙　　　　　 절판
　7 행위예술　　　　　　　　　　　L. 골드버그 / 沈雨晟　　　　　 절판
　8 문예미학　　　　　　　　　　　蔡 儀 / 姜慶鎬　　　　　　　　 절판
　9 神의 起源　　　　　　　　　　　何 新 / 洪 熹　　　　　　　　 16,000원
10 중국예술정신　　　　　　　　　徐復觀 / 權德周 外　　　　　　24,000원
11 中國古代書史　　　　　　　　　錢存訓 / 金允子　　　　　　　 14,000원
12 이미지 — 시각과 미디어　　　　J. 버거 / 편집부　　　　　　　 15,000원
13 연극의 역사　　　　　　　　　　P. 하트놀 / 沈雨晟　　　　　　 절판
14 詩 論　　　　　　　　　　　　　朱光潛 / 鄭相泓　　　　　　　 22,000원
15 탄트라　　　　　　　　　　　　A. 무케르지 / 金龜山　　　　　16,000원
16 조선민족무용기본　　　　　　　최승희　　　　　　　　　　　 15,000원
17 몽고문화사　　　　　　　　　　D. 마이달 / 金龜山　　　　　　 8,000원
18 신화 미술 제사　　　　　　　　張光直 / 李 徹　　　　　　　　 절판
19 아시아 무용의 인류학　　　　　宮尾慈良 / 沈雨晟　　　　　　 20,000원
20 아시아 민족음악순례　　　　　　藤井知昭 / 沈雨晟　　　　　　 5,000원
21 華夏美學　　　　　　　　　　　李澤厚 / 權 瑚　　　　　　　　 20,000원
22 道　　　　　　　　　　　　　　張立文 / 權 瑚　　　　　　　　 18,000원
23 朝鮮의 占卜과 豫言　　　　　　村山智順 / 金禧慶　　　　　　 28,000원
24 원시미술　　　　　　　　　　　L. 아담 / 金仁煥　　　　　　　 16,000원
25 朝鮮民俗誌　　　　　　　　　　秋葉隆 / 沈雨晟　　　　　　　 12,000원
26 타자로서 자기 자신　　　　　　P. 리쾨르 / 김웅권　　　　　　 29,000원
27 原始佛教　　　　　　　　　　　中村元 / 鄭泰爀　　　　　　　 8,000원
28 朝鮮女俗考　　　　　　　　　　李能和 / 金尙憶　　　　　　　 30,000원
29 朝鮮解語花史(조선기생사)　　　李能和 / 李在崑　　　　　　　 25,000원
30 조선창극사　　　　　　　　　　鄭魯湜　　　　　　　　　　　 17,000원
31 동양회화미학　　　　　　　　　崔炳植　　　　　　　　　　　 19,000원

32	性과 결혼의 민족학	和田正平 / 沈雨晟	9,000원
33	農漁俗談辭典	宋在璇	12,000원
34	朝鮮의 鬼神	村山智順 / 金禧慶	28,000원
35	道敎와 中國文化	葛兆光 / 沈揆昊	15,000원
36	禪宗과 中國文化	葛兆光 / 鄭相泓·任炳權	8,000원
37	오페라의 역사	L. 오레이 / 류연희	절판
38	인도종교미술	A. 무케르지 / 崔炳植	14,000원
39	힌두교의 그림언어	안넬리제 外 / 全在星	22,000원
40	중국고대사회	許進雄 / 洪 熹	30,000원
41	중국문화개론	李宗桂 / 李宰碩	23,000원
42	龍鳳文化源流	王大有 / 林東錫	25,000원
43	甲骨學通論	王宇信 / 李宰碩	40,000원
44	朝鮮巫俗考	李能和 / 李在崑	20,000원
45	미술과 페미니즘	N. 부루드 外 / 扈承喜	9,000원
46	아프리카미술	P. 윌레뜨 / 崔炳植	절판
47	美의 歷程	李澤厚 / 尹壽榮	28,000원
48	曼茶羅의 神들	立川武藏 / 金龜山	19,000원
49	朝鮮歲時記	洪錫謨 外/李錫浩	30,000원
50	하 상	蘇曉康 外 / 洪 熹	절판
51	武藝圖譜通志 實技解題	正 祖 / 沈雨晟·金光錫	15,000원
52	古文字學첫걸음	李學勤 / 河永三	14,000원
53	體育美學	胡小明 / 閔永淑	18,000원
54	아시아 美術의 再發見	崔炳植	9,000원
55	曆과 占의 科學	永田久 / 沈雨晟	14,000원
56	中國小學史	胡奇光 / 李宰碩	20,000원
57	中國甲骨學史	吳浩坤 外 / 梁東淑	35,000원
58	꿈의 철학	劉文英 / 河永三	22,000원
59	女神들의 인도	立川武藏 / 金龜山	19,000원
60	性의 역사	J. L. 플랑드렝 / 편집부	18,000원
61	쉬르섹슈얼리티	W. 챠드윅 / 편집부	10,000원
62	여성속담사전	宋在璇	18,000원
63	박재서희곡선	朴栽緒	10,000원
64	東北民族源流	孫進已 / 林東錫	13,000원
65	朝鮮巫俗의 硏究(상·하)	赤松智城·秋葉隆 / 沈雨晟	28,000원
66	中國文學 속의 孤獨感	斯波六郎 / 尹壽榮	8,000원
67	한국사회주의 연극운동사	李康列	8,000원
68	스포츠인류학	K. 블랑챠드 外 / 박기동 外	12,000원
69	리조복식도감	리팔찬	20,000원
70	娼 婦	A. 꼬르벵 / 李宗旼	22,000원
71	조선민요연구	高晶玉	30,000원
72	楚文化史	張正明 / 南宗鎭	26,000원
73	시간, 욕망, 그리고 공포	A. 코르뱅 / 변기찬	18,000원
74	本國劍	金光錫	40,000원
75	노트와 반노트	E. 이오네스코 / 박형섭	20,000원
76	朝鮮美術史研究	尹喜淳	7,000원
77	拳法要訣	金光錫	30,000원
78	艸衣選集	艸衣意恂 / 林鍾旭	20,000원
79	漢語音韻學講義	董少文 / 林東錫	10,000원
80	이오네스코 연극미학	C. 위베르 / 박형섭	9,000원
81	중국문자훈고학사전	全廣鎭 편역	23,000원
82	상말속담사전	宋在璇	10,000원

83	書法論叢	沈尹默 / 郭魯鳳	16,000원
84	침실의 문화사	P. 디비 / 편집부	9,000원
85	禮의 精神	柳肅 / 洪熹	20,000원
86	조선공예개관	沈雨晟 편역	30,000원
87	性愛의 社會史	J. 솔레 / 李宗旼	18,000원
88	러시아 미술사	A. I. 조토프 / 이건수	26,000원
89	中國書藝論文選	郭魯鳳 選譯	25,000원
90	朝鮮美術史	關野貞 / 沈雨晟	30,000원
91	美術版 탄트라	P. 로슨 / 편집부	8,000원
92	쿤달리니	A. 무케르지 / 편집부	9,000원
93	카마수트라	바쨔야나 / 鄭泰爀	18,000원
94	중국언어학총론	J. 노먼 / 全廣鎭	28,000원
95	運氣學說	任應秋 / 李宰碩	15,000원
96	동물속담사전	宋在璇	20,000원
97	자본주의의 아비투스	P. 부르디외 / 최종철	10,000원
98	宗敎學入門	F. 막스 뮐러 / 金龜山	10,000원
99	변 화	P. 바츨라빅크 外 / 박인철	10,000원
100	우리나라 민속놀이	沈雨晟	15,000원
101	歌訣(중국역대명언경구집)	李宰碩 편역	20,000원
102	아니마와 아니무스	A. 융 / 박해순	8,000원
103	나, 너, 우리	L. 이리가라이 / 박정오	12,000원
104	베케트연극론	M. 푸크레 / 박형섭	8,000원
105	포르노그래피	A. 드워킨 / 유혜련	12,000원
106	셸 링	M. 하이데거 / 최상욱	12,000원
107	프랑수아 비용	宋勉	18,000원
108	중국서예 80제	郭魯鳳 편역	16,000원
109	性과 미디어	W. B. 키 / 박해순	12,000원
110	中國正史朝鮮列國傳(전2권)	金聲九 편역	120,000원
111	질병의 기원	T. 매큐언 / 서 일·박종연	12,000원
112	과학과 젠더	E. F. 켈러 / 민경숙·이현주	10,000원
113	물질문명·경제·자본주의	F. 브로델 / 이문숙 外	절판
114	이탈리아인 태고의 지혜	G. 비코 / 李源斗	8,000원
115	中國武俠史	陳山 / 姜鳳求	18,000원
116	공포의 권력	J. 크리스테바 / 서민원	23,000원
117	주색잡기속담사전	宋在璇	15,000원
118	죽음 앞에 선 인간(상·하)	P. 아리에스 / 劉仙子	각권 15,000원
119	철학에 대하여	L. 알튀세르 / 서관모·백승욱	12,000원
120	다른 곳	J. 데리다 / 김다은·이혜지	10,000원
121	문학비평방법론	D. 베르제 外 / 민혜숙	12,000원
122	자기의 테크놀로지	M. 푸코 / 이희원	16,000원
123	새로운 학문	G. 비코 / 李源斗	22,000원
124	천재와 광기	P. 브르노 / 김웅권	13,000원
125	중국은사문화	馬華·陳正宏 / 강경범·천현경	12,000원
126	푸코와 페미니즘	C. 라마자노글루 外 / 최 영 外	16,000원
127	역사주의	P. 해밀턴 / 임옥희	12,000원
128	中國書藝美學	宋民 / 郭魯鳳	16,000원
129	죽음의 역사	P. 아리에스 / 이종민	18,000원
130	돈속담사전	宋在璇 편	15,000원
131	동양극장과 연극인들	김영무	15,000원
132	生育神과 性巫術	宋兆麟 / 洪熹	20,000원
133	미학의 핵심	M. M. 이턴 / 유호전	20,000원

134	전사와 농민	J. 뒤비 / 최생열	18,000원
135	여성의 상태	N. 에니크 / 서민원	22,000원
136	중세의 지식인들	J. 르 고프 / 최애리	18,000원
137	구조주의의 역사(전4권)	F. 도스 / 김웅권 外	Ⅰ·Ⅱ·Ⅳ 15,000원 / Ⅲ 18,000원
138	글쓰기의 문제해결전략	L. 플라워 / 원진숙·황정현	20,000원
139	음식속담사전	宋在璇 편	16,000원
140	고전수필개론	權 瑚	16,000원
141	예술의 규칙	P. 부르디외 / 하태환	23,000원
142	"사회를 보호해야 한다"	M. 푸코 / 박정자	20,000원
143	페미니즘사전	L. 터틀 / 호승희·유혜련	26,000원
144	여성심벌사전	B. G. 워커 / 정소영	근간
145	모데르니테 모데르니테	H. 메쇼닉 / 김다은	20,000원
146	눈물의 역사	A. 벵상뷔포 / 이자경	18,000원
147	모더니티입문	H. 르페브르 / 이종민	24,000원
148	재생산	P. 부르디외 / 이상호	23,000원
149	종교철학의 핵심	W. J. 웨인라이트 / 김희수	18,000원
150	기호와 몽상	A. 시몽 / 박형섭	22,000원
151	융분석비평사전	A. 새뮤얼 外 / 민혜숙	16,000원
152	운보 김기창 예술론연구	최병식	14,000원
153	시적 언어의 혁명	J. 크리스테바 / 김인환	20,000원
154	예술의 위기	Y. 미쇼 / 하태환	15,000원
155	프랑스사회사	G. 뒤프 / 박 단	16,000원
156	중국문예심리학사	劉偉林 / 沈揆昊	30,000원
157	무지카 프라티카	M. 캐넌 / 김혜중	25,000원
158	불교산책	鄭泰爀	20,000원
159	인간과 죽음	E. 모랭 / 김명숙	23,000원
160	地中海	F. 브로델 / 李宗旼	근간
161	漢語文字學史	黃德實·陳秉新 / 河永三	24,000원
162	글쓰기와 차이	J. 데리다 / 남수인	28,000원
163	朝鮮神事誌	李能和 / 李在崑	28,000원
164	영국제국주의	S. C. 스미스 / 이태숙·김종원	16,000원
165	영화서술학	A. 고드로·F. 조스트 / 송지연	17,000원
166	美學辭典	사사키 겡이치 / 민주식	22,000원
167	하나이지 않은 성	L. 이리가라이 / 이은민	18,000원
168	中國歷代書論	郭魯鳳 譯註	25,000원
169	요가수트라	鄭泰爀	15,000원
170	비정상인들	M. 푸코 / 박정자	25,000원
171	미친 진실	J. 크리스테바 外 / 서민원	25,000원
172	玉樞經 研究	具重會	19,000원
173	세계의 비참(전3권)	P. 부르디외 外 / 김주경	각권 26,000원
174	수묵의 사상과 역사	崔炳植	24,000원
175	파스칼적 명상	P. 부르디외 / 김웅권	22,000원
176	지방의 계몽주의	D. 로슈 / 주명철	30,000원
177	이혼의 역사	R. 필립스 / 박범수	25,000원
178	사랑의 단상	R. 바르트 / 김희영	20,000원
179	中國書藝理論體系	熊秉明 / 郭魯鳳	23,000원
180	미술시장과 경영	崔炳植	16,000원
181	카프카 ― 소수적인 문학을 위하여	G. 들뢰즈·F. 가타리 / 이진경	18,000원
182	이미지의 힘 ― 영상과 섹슈얼리티	A. 쿤 / 이형식	13,000원
183	공간의 시학	G. 바슐라르 / 곽광수	23,000원
184	랑데부 ― 이미지와의 만남	J. 버거 / 임옥희·이은경	18,000원

185	푸코와 문학 — 글쓰기의 계보학을 향하여	S. 듀링 / 오경심 · 홍유미	26,000원
186	각색, 연극에서 영화로	A. 엘보 / 이선형	16,000원
187	폭력과 여성들	C. 도펭 外 / 이은민	18,000원
188	하드 바디 — 할리우드 영화에 나타난 남성성	S. 제퍼드 / 이형식	18,000원
189	영화의 환상성	J. -L. 뢰트라 / 김경온 · 오일환	18,000원
190	번역과 제국	D. 로빈슨 / 정혜욱	16,000원
191	그라마톨로지에 대하여	J. 데리다 / 김웅권	35,000원
192	보건 유토피아	R. 브로만 外 / 서민원	20,000원
193	현대의 신화	R. 바르트 / 이화여대기호학연구소	20,000원
194	회화백문백답	湯兆基 / 郭魯鳳	20,000원
195	고서화감정개론	徐邦達 / 郭魯鳳	30,000원
196	상상의 박물관	A. 말로 / 김웅권	26,000원
197	부빈의 일요일	J. 뒤비 / 최생열	22,000원
198	아인슈타인의 최대 실수	D. 골드스미스 / 박범수	16,000원
199	유인원, 사이보그, 그리고 여자	D. 해러웨이 / 민경숙	25,000원
200	공동생활 속의 개인주의	F. 드 생글리 / 최은영	20,000원
201	기식자	M. 세르 / 김웅권	24,000원
202	연극미학 — 플라톤에서 브레히트까지의 텍스트들	J. 셰레 外 / 홍지화	24,000원
203	철학자들의 신	W. 바이셰델 / 최상욱	34,000원
204	고대 세계의 정치	모제스 I. 핀레이 / 최생열	16,000원
205	프란츠 카프카의 고독	M. 로베르 / 이창실	18,000원
206	문화 학습 — 실천적 입문서	J. 자일스 · T. 미들턴 / 장성희	24,000원
207	호모 아카데미쿠스	P. 부르디외 / 임기대	29,000원
208	朝鮮槍棒教程	金光錫	40,000원
209	자유의 순간	P. M. 코헨 / 최하영	16,000원
210	밀교의 세계	鄭泰爀	16,000원
211	토탈 스크린	J. 보드리야르 / 배영달	19,000원
212	영화와 문학의 서술학	F. 바누아 / 송지연	22,000원
213	텍스트의 즐거움	R. 바르트 / 김희영	15,000원
214	영화의 직업들	B. 라트롱슈 / 김경온 · 오일환	16,000원
215	소설과 신화	이용주	15,000원
216	문화와 계급 — 부르디외와 한국 사회	홍성민 外	18,000원
217	작은 사건들	R. 바르트 / 김주경	14,000원
218	연극분석입문	J. -P. 링가르 / 박형섭	18,000원
219	푸코	G. 들뢰즈 / 허 경	17,000원
220	우리나라 도자기와 가마터	宋在璇	30,000원
221	보이는 것과 보이지 않는 것	M. 퐁티 / 남수인 · 최의영	30,000원
222	메두사의 웃음 / 출구	H. 식수 / 박혜영	19,000원
223	담화 속의 논증	R. 아모시 / 장인봉	20,000원
224	포켓의 형태	J. 버거 / 이영주	16,000원
225	이미지심벌사전	A. 드 브리스 / 이원두	근간
226	이데올로기	D. 호크스 / 고길환	16,000원
227	영화의 이론	B. 발라즈 / 이형식	20,000원
228	건축과 철학	J. 보드리야르 · J. 누벨 / 배영달	16,000원
229	폴 리쾨르 — 삶의 의미들	F. 도스 / 이봉지 外	38,000원
230	서양철학사	A. 케니 / 이영주	29,000원
231	근대성과 육체의 정치학	D. 르 브르통 / 홍성민	20,000원
232	허난설헌	金成南	16,000원
233	인터넷 철학	G. 그레이엄 / 이영주	15,000원
234	사회학의 문제들	P. 부르디외 / 신미경	23,000원
235	의학적 추론	A. 시쿠렐 / 서민원	20,000원